Merci aux futurs lecteurs. Et tout particulière
du magazine Nous Deux.

Merci à mes parents et surtout à papa alias Mykolian pour toutes tes réalisations visuelles), Emeline et Romain, mémé Jeanne et mémé Marie, pépé Henri et pépé Virgile. Merci à René et Gisèle Villard, Delphine, Claudine Schmitt, Alain et Nicole, Rachel et Sarah.

Une pensée particulière pour Chantal et Jean-Marie Humbert, investis dans la cause animale, en particulier pour les chats. Avec l'association Pattes sans attaches. Mais aussi la SPA, 30 Millions d'Amis et la Fondation Brigitte Bardot, associations que je soutiens également.

Et tous les animaux que j'aime : les ânes, les marmottes, Goliath le labrador, Félix la chatte noir et blanc, Diabolo le lapin, Benjy le westie, Mimisse la chatte tigrée, Chiquita chienne bouvier-bernois, Félindra ma petite chipie, Pacha le siamois beau gosse et Réglisse mon chat noir.

Sans tout ce petit monde et le magazine « Nous Deux » qui publie régulièrement mes nouvelles, rien de ceci n'aurait été possible.
Merci à tous.

Et surtout merci à Dieu. **Elonade OZBRACH**

Les objets sont faits pour être utilisés.
Les personnes sont faites pour être aimées.
Le monde va mal car on utilise les personnes et on aime les objets.

Demandez, et l'on vous donnera ; cherchez, et vous trouverez ; frappez, et l'on vous ouvrira. Car quiconque demande reçoit, celui qui cherche trouve, et l'on ouvre à celui qui frappe
Matthieu

Table des matières :

1/ Nouvelle romantique : Après-midi loto

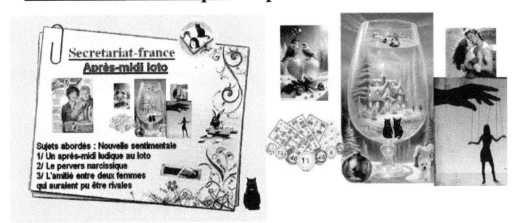

2/ Nouvelle évasion : Au cœur des Hautes-Alpes

3/ <u>Nouvelle romantique</u> : Il était une foi

4/ <u>Nouvelle fantastique</u> : L'enfant du passé

5/ <u>Nouvelle romantique</u> : Le syndicat de la carotte

6/ <u>Nouvelle romantique</u> : Les clichés de Noël

7/ <u>**Nouvelle romantique**</u> : Nous Deux

8/ <u>**Nouvelle évasion**</u> : Pêche miraculeuse dans le Montana

9/ <u>Nouvelle évasion</u> : Sous la canopée

10/ <u>Nouvelle romantique</u> : Un nouveau voisin

à
Réglisse, Félindra
Pacha

Après-midi loto

Une nouvelle Romantique

Elonade Ozbrach

Résumé : Sabine accompagne toujours sa mère Yolande, à tous les lotos et bingos de la Région. Sabine va-t-elle enfin rencontrer un homme qui la rendrait heureuse ? La solitude commence à lui peser sérieusement.

abine termine sa conversation téléphonique avec sa mère Yolande. Cette dernière l'appelle chaque jour. Elle s'inquiète beaucoup pour son unique enfant. Car, à 33 ans, Sabine vit toujours seule. Les quelques relations amoureuses qu'elle a connues ont toutes été un fiasco total.

Elle a fréquenté, tour à tour, un homme violent, un pervers narcissique et un autre égoïste qui vénère sa mère telle une déesse Antique.

Aussi, Sabine se désespère de trouver l'Amour. Elle préfère vivre seule avec son chat noir qu'elle a nommé Réglisse. Réglisse comble tous les désirs et envies d'amour de sa maman.

La vie est vraiment drôle et bizarre parfois ! Sabine a une seule amie et c'est l'ex-femme du pervers narcissique qu'elle a fréquenté durant 8 mois. Mireille est toujours en procédure judiciaire contre son ex-mari. Elle se bat pour récupérer ses deux enfants, des faux-jumeaux âgés de 8 ans, qui ont été placés en foyer par l'ASE.

Mais tout se passe à l'inverse de ce qui semble être juste : c'est Mireille qui est considérée comme étant une prédatrice pour ses enfants. Monsieur est le gentil, « le gars bien » que tout le monde apprécie.

Il manie bien les mots et l'art de la séduction, dupant tout le monde. Personne ne se rend compte qu'il est manipulé par ce pervers narcissique que Paul est.

Cela fait déjà cinq ans, que les enfants vivent dans un foyer. Et au fil des années, Mireille a vu ses droits se réduire comme peau de chagrin.
- Normalement, nous passons au tribunal, la semaine prochaine, le 16 janvier. Je réitère encore une fois ma demande d'avoir mes enfants chez moi, dit Mireille.
Mireille est au bout du rouleau. Désormais, elle ne voit qu'une seule fois par mois, durant une heure au foyer, ses enfants.
- J'imagine quelle épreuve se doit être pour toi, s'exclame Sabine qui se veut réconfortante.
En temps normal, ces deux femmes auraient dû être ennemies mais c'est le vice de Paul, qui les a fait souffrir toutes les deux, qui en a fait des amies. De véritables amies.
Quand Sabine narre les épreuves subies sous le joug de Paul, Mireille ne reconnaît que trop bien les épreuves par lesquelles elle est passée.
- Si tu veux, pour te changer les idées, tu peux te joindre à moi pour le Loto du dimanche 18 janvier. Moi-même j'accompagne ma mère, tu sais combien elle est férue de bingos et de jeux en tout genre, comme les concours de belote.
- C'est gentil, je te remercie pour cette invitation. Mais dimanche je suis conviée au restaurant avec mes parents. Eux aussi espèrent toujours revoir les enfants parmi nous.
Mireille soupire...

Plus de deux cents personnes assistent au grand loto d'hiver organisé par le club Ali Baba. Yolande et Sabine sont sur leur 31, dans des robes pailletées.

- Nous ne repartirons plus avec des appareils à raclette. Dorénavant, il n'y a plus que des bons d'achat à gagner, dit Yolande à l'intention de sa fille.
Sabine choisit les cartons de jeux : douze plaquettes pour vingt euros. L'important pour les femmes est de passer un bon moment convivial. Évidemment, elles espèrent gagner un petit quelque chose, y compris un petit gain de dix euros. Cela fait toujours plaisir. Mais bon...
Yolande poursuit sa quête perpétuelle à savoir de trouver un prétendant à sa fille, un homme simple mais qui soit gentil avec de réelles valeurs morales.
- Tu sais bien qu'il y a principalement des personnes âgées, je ne pense pas trouver le prince charmant ici, maman.
- On ne sait jamais, peut-être pas un prince mais une perle de mari sûrement !
Sabine n'est guère convainque.
La mère et la fille prennent place aux côtés des voisins de Yolande. Michel, son mari est resté à la maison, il n'aime pas ces sorties ludiques.
Michel préfère bouquiner à la maison.
- Brrr... il fait un froid de canard dehors ! S'écrie Yolande.
Elle a toujours froid de toute façon, été comme hiver. Même à la saison estivale, elle se pare de sa grosse robe de chambre hivernale.
Soudain, un beau jeune homme aux yeux noisette vient s'asseoir entre les voisins de Yolande.
- Vous connaissez notre fils, Raphaël...
Raphaël a déjà ses yeux rivés sur Sabine. Ils avaient été camarades de classe à l'école primaire.

- Oui, bien sûr ! S'exclame Sabine guillerette. Que deviens-tu ?
- Je suis avocat spécialisé dans le droit commercial et la famille.
- Ah bon ? C'est passionnant !
- Et toi ? S'enquit allègrement Raphaël.
- Moi ? Eh bien, je suis écrivain public.
- C'est tout autant passionnant. Mais asseyons-nous, les jeux vont bientôt commencer.

En effet, le président de l'association Ali Baba déclare la séance de loto ouverte.
- Bienvenue à toute l'assemblée venue nombreuse ce soir d'hiver. Nous allons débuter la partie avec une ligne, n'importe laquelle sur le carton de jeux, pour un bon d'achat de trente euros dans le supermarché local. Nous demandons le silence total durant le tirage des numéros. Je vous souhaite une bonne soirée et surtout bonne chance à tous !

Tous les joueurs ont un air concentré et sérieux, comme si leurs vies dépendaient du bingo.

Seuls Raphaël et Sabine s'échangent des regards joyeux, sourire aux lèvres, tenant des jetons d'avance dans leurs mains.

Delphine annonce les numéros : 57, le 33, la double cacahuète le 88, le papy avec le numéro 90...

Yolande murmure :
- C'est bientôt maintenant... moi, je n'ai rien nulle part...

Effectivement, au bout de deux ou trois énoncés de numéros, quelqu'un s'écrie au fond de la salle :
- Bingo !

Le président s'avance vers la vieille dame qui vient de crier.

Puis, il lit les chiffres de la ligne gagnante et Delphine confirme que cette dame a tout juste. Elle gagne, par conséquent, un bon d'achat de trente euros.

La soirée se poursuit avec encore une ligne à compléter, puis deux et enfin un gros lot (un bon d'achat de 200 euros) pour le carton plein cette fois-ci.

Yolande aimerait bien gagner, ne serait-ce qu'un seul lot, même un petit bon d'achat. Mais bon...

- Cela se rapproche de notre table, dit la mère de Raphaël à qui il ne manque plus qu'un numéro.

Malheureusement, à l'énoncé du prochain numéro, deux personnes se manifestent.

Elles ont toutes les deux gagnées et décident de se partager le lot, 100 euros chacune, plutôt que d'effectuer un tirage au sort entre elles pour ne désigner qu'un seul gagnant.

- 100 euros est une belle somme, dit Yolande envieuse.

Le président annonce une pause de quinze minutes avant la reprise des jeux.

Yolande et les voisins restent à table avec un café et une part de gâteau tandis que leurs enfants sortent pour pouvoir bavarder quelque peu.

Raphaël est grand et élancé, ses cheveux châtains lui donnent une bonne mine dans son duffle-coat noir. Sabine est élégante, sa mère lui rappelant de ne pas oublier de mettre son écharpe. Car, la jeune femme est sujette aux angines et extinctions de voix, en toutes saisons.

À l'extérieur, il y a un stand de saucisses et de vin chaud. Les jeunes gens prennent tous deux une merguez et un verre de vin chaud.

- Es-tu mariée ? Demande Raphaël.
- Non, toujours célibataire. Je n'ai pas eu de chance dans mes relations amoureuses. Et toi ?
- Pareil, je vis seul. J'ai eu une histoire d'amour durant deux ans avec une fille rencontrée à la fac de droit. Malheureusement, l'amour n'était pas réciproque. Je l'aimais sincèrement mais elle me trompait sans vergogne avec tous les étudiants qui lui plaisaient.
- Et tu ne t'es rendu compte de rien durant deux ans ?
- Non, il faut croire que je suis vraiment naïf dans les histoires d'amour ! Je me suis rendu compte que dans la vie, ce n'est pas comme chez Walt Disney !

Ils pouffent de rire.
- Tu étais Simba et elle c'était Cruella !
- Je n'étais même pas Simba mais un aristochat plutôt ! Ou un vulgaire chat de gouttière trop crédule et fleur bleue.

Ils rient encore allègrement.
- Mais je crois qu'il est temps de rentrer, les jeux vont reprendre. Nous pourrions parler de nos vies respectives un de ces jours prochains, autour d'un verre.

Raphaël ouvre la porte d'entrée à son amie retrouvée :
- Ce serait avec joie. Répond Sabine enthousiasmée par la perspective d'une sortie avec un homme... normal pour une fois.

La soirée s'égrène lentement et Yolande se désespère de gagner quelque chose. Arrive le dernier tour avec l'ultime lot qui est un bon d'achat de 500 euros pour un carton plein.

Delphine énumère inlassablement les numéros :
- 28, 16, 88... 41...
- Bingo ! Bingo ! J'ai gagné ! S'époumone Yolande.

Le Président confirme le gain de Yolande. Tous les joueurs autour d'elle sourient et sont ravis pour Yolande, en particulier sa fille et Raphaël.

De surcroît, Yolande est la seule gagnante, elle décide de partager tout de même ce bon d'achat avec sa fille Sabine.
Au moment de partir, Raphaël tend sa carte de visite à Sabine :
- Appelle-moi et nous fixerons un rendez-vous pour une sortie la semaine prochaine, si tu veux bien ?
- Entendu !
Il est déjà vingt heures quand tous les joueurs se dispersent et rentrent chez eux.
Sabine est heureuse de retrouver Réglisse et elle lui narre son après-midi ludique et la joie d'avoir retrouvé un ancien camarade d'école. Réglisse écoute bien sagement et ronronne.

Lundi soir, Mireille appelle son amie. Elle a une voix catastrophée avec des pleurs.
- Le salaud ! Le salaud ! Il a gagné !
- Calme-toi et dis-moi ce qu'il se passe, dit calmement Sabine qui se veut réconfortante.
- Le tribunal enlève MES enfants du foyer pour les mettre chez leur pervers narcissique de père.
- Quoi ? Comment ? Ce n'est pas possible !
- Si, je te l'assure. C'est ce que le JAF a osé faire. Pire encore : c'est moi la méchante dans l'histoire, la mauvaise mère qui dénigre Monsieur et qui manipule les enfants pour se détourner de leur père.
- Insensé ! Excuse-moi, mais ton avocat a été minable !

- Je suis d'accord avec toi. Même toute seule pour me défendre cela n'aurait pas été pire. De plus, je n'ai droit qu'à une seule visite par mois, durant 1 heure, au sein du foyer où ils étaient placés jusqu'à maintenant. Tu te rends compte ? Comme si j'étais une grande criminelle, une tueuse en séries !
- Il y a de quoi être dégoûtée de la Justice. C'est plutôt l'injustice dans ton cas. Que vas-tu faire pour la suite ? Tu vas continuer à te battre, je suppose ?
- Je ne sais pas. Cela fait déjà des années que je remue ciel et terre pour que mes enfants me soient rendus. Cela peut durer jusqu'à leur majorité. Et maintenant qu'ils vont vivre avec lui, il aura tout le loisir de les manipuler mentalement. Et c'est lui que l'on traite de bon père, d'homme bien sous tous rapports.
- Je comprends ta lassitude. Tu verras bien ce qu'il en est, lors de tes visites prochaines. Tu aviseras de la suite à donner en fonction de leur accueil envers toi. Ne baisse pas les bras trop vite. Prends-toi le temps de réfléchir posément. Moi aussi, j'avais mis ma vie amoureuse entre parenthèses. J'en ai eu marre de ne tomber que sur des hommes malveillants. Mais depuis le loto d'hier, mes pensées sur les hommes ont changé. Du moins, au sujet d'UN homme...
- Ah bon ? S'intéresse Mireille. Tu as rencontré un homme ?
- À vrai dire, je le connais, nous étions ensemble à l'école primaire. Il n'est pas marié et tout comme moi il a traversé des déboires dans sa vie sentimentale. C'est le fils des voisins de mes parents. Ils étaient là au bingo. Et ma mère fut très heureuse, elle a gagné le dernier gros lot, à savoir un bon d'achat de 500 Euros.
- Chouette !

- Oui et elle a décidé de partager son gain avec moi. Mais je ne veux pas que mon bonheur te démoralise...
- Au contraire, je me réjouis pour toi. Après toutes tes mésaventures en amour, je suis contente pour toi.
- Cela peut t'arriver également. Ne désespère pas, il doit bien y avoir quelque part, un homme bon et gentil, pour toi.
Mireille soupire.

Après l'appel de Mireille, c'est Raphaël qui téléphone à Sabine.
- As-tu passé une bonne journée, chère Sabine ?
La voix de Raphaël est si douce, si mélodieuse que tous les petits tracas de la journée de Sabine s'évanouissent comme par enchantement.
- Meuh oui, excellente. Et maintenant que j'entends ta voix, c'est davantage merveilleux. Et toi ?
- Oh rien de spécial, quelques dossiers habituels à traiter. Pas de grosses affaires à plaider.
- J'ai une amie qui aurait bien besoin de tes talents d'avocat...
- Ah oui ? Nous pourrions en discuter au cours d'un dîner ?
- Ce serait vraiment sympa de ta part. Oui, quand et où veux-tu me voir ?
- Disons, ce samedi au restaurant traditionnel « La bonne auberge ».
- Parfait ! À 19 heures ?
- Oui !

Raphaël est très élégant en costume et cravate gris-souris. Sabine n'est pas en reste dans une jupe plissée en soie grès rehaussé d'un pull à paillettes écru et une broche en strass représentant un chat noir. Il s'agit sans doute de Réglisse.
- Tu es très en beauté, dit Raphaël en s'avançant vers Sabine pour lui tendre son bras.
- Mais toi aussi, mon cher Monsieur.
Ils pénètrent dans le restaurant et se retrouvent face à face à une table un peu isolée, dans un cadre romantique.
Durant la soirée, les jeunes gens évoquent leurs souvenirs scolaires qu'ils ont en commun. Ainsi que leurs vies d'adultes, leurs histoires d'amour qui se sont soldées par des échecs. Malgré les souffrances traversées, ils se sont tous deux découverts de la force. Ils ont mûri et obtenu une certaine sagesse face aux épreuves de la vie.
Ils savent également ce qu'ils veulent ou ce qu'ils ne veulent plus. Ce qu'ils sont prêts à supporter, quelles conciliations faire.
Puis vient l'évocation de Mireille et de ses problèmes judiciaires.
- C'est une affaire délicate.
- Oui, c'est pour cela que je t'en parle. Et je dois t'avouer aussi que l'ex-mari de Mireille, ce pervers narcissique a été aussi mon amant.
Raphaël la regarde intensément.
- Tu as dû beaucoup souffrir avec cet homme, j'en suis navré.
- Oui, mais heureusement quand je l'ai cerné et que j'ai compris qui il est, je l'ai immédiatement quitté. Je n'ai pas eu d'enfants avec lui, Dieu merci ! Pour Mireille, c'est différent, elle était mariée dix ans avec lui.

Il l'a manipulée des années durant mais sa cruauté a réellement refait surface au moment de la naissance des jumeaux. Et là, Mireille se trouve dans une impasse avec une justice clémente pour ce fou !
- La justice commet parfois des erreurs, je suis bien placé pour le savoir. Je défends régulièrement des braves gens qui se retrouvent malgré eux engloutis dans les méandres de la loi. Si ton amie accepte mon aide, je me ferai un plaisir de la recevoir à mon cabinet afin d'étudier son affaire.
- Je te remercie, je lui en parlerai. Toi seul peut la sauver de cette situation ubuesque.
- Tu me flattes ! Mais je ne me prononce jamais avant d'avoir étudié tous les éléments. Et même après cela, je ne donne jamais de faux espoirs.
- C'est très professionnel, je trouve. Tu viens boire un dernier verre chez moi ?
Raphaël opine du chef.

À la maison de Sabine, Raphaël fait la connaissance de Réglisse, qui vient se lover contre ses jambes en ronronnant.
- Tu as passé avec brio le test de mon chat. Tu n'es pas un psychopathe !
Ils rient de bon cœur.
Sabine a mis de la musique douce et les jeunes gens se rapprochent pour danser un slow sur la chanson de Georges Michael « Jesus to a child ».
- Ce sera dorénavant notre chanson, murmure Raphaël qui couvre la nuque de Sabine de petits baisers délicats.

Les amoureux ne boivent finalement aucun verre d'alcool et après la danse langoureuse, ils font l'amour dans la chambre cosy de la jeune femme.

Leurs étreintes durent une partie de la nuit. Ils passent leur temps à s'aimer et à se découvrir tout le dimanche.

Mireille a pris rendez-vous, sous les conseils de son amie, avec Raphaël. Elle amène son épais dossier et fait confiance au jugement de l'avocat. Elle comprend, en le voyant, pourquoi Sabine est tombée amoureuse de cet homme.

- Je vais étudier tout ceci et je vous tiens au courant de la suite à donner.
- Je vous remercie Maître.
- Je vous en prie. Laissez vos coordonnées à ma secrétaire et nous vous rappellerons très bientôt.

Raphaël trouve très rapidement des failles, des brèches d'ouverture, des lueurs d'espoir dans le dossier de Mireille. Sans lui donner de faux espoirs, il pense que l'on peut plaider sa cause.

Il obtient un référé du juge pour augmenter, dans un premier temps, les droits de visite de la mère. Mireille pourra voir ses enfants, une heure chaque semaine. En attendant l'appel où Raphaël va redemander la garde pour Mireille.

Raphaël estime que c'est un objectif atteignable. Il faut juste encore être patient.

Sabine et Raphaël vivent une merveilleuse idylle, ils s'aiment davantage chaque jour.

Fin janvier, Yolande et sa fille, les voisins et leurs fils ainsi que Mireille se retrouvent réunis à un bingo.

Yolande papote allègrement avec les parents de Raphaël et Mireille. Tandis que Raphaël et Sabine préparent les cartons de jeux, sourire aux lèvres et petits baisers furtifs de temps à autre.
- Allons les amoureux, dépêchez-vous de préparer les jeux, ils vont bientôt démarrer, s'impatiente Yolande.
Mireille a pris place à côté de Sabine. Il y a un siège inoccupé à côté de Mireille. Les joueurs se taisent et le loto peut commencer.
- J'espère gagner !
- Vous aviez déjà gagné un gros lot, Yolande remarque Raphaël, laissez-en un peu pour les autres.
L'assemblée rit une ultime fois avant de se concentrer.
Cette fois-ci ce sont les voisins de Yolande et Mireille qui ont gagné 30 Euros en bon d'achat.
- Votre souhait est exaucé, dit Yolande enthousiaste.
Après la première pause, un bel inconnu, vient s'asseoir à côté de Mireille :
- Cette place est libre ? Demande poliment le jeune homme blond.
- Oui, dit Mireille enjouée à la vue du jeune homme, qui lui a visiblement tapé dans l'œil.
- C'est la première fois que j'assiste à ce genre de jeu, poursuit l'homme aux cheveux d'or.
- Moi aussi ! Je m'appelle Mireille.
- Christophe, enchanté.
Les convives sourient à la venue de Christophe.
Il semblerait que les après-midis ludiques soient propices à de belles rencontres amoureuses.

FIN.

Au coeur des Hautes-Alpes

Une nouvelle évasion

Elonade Ozbrach

Résumé : Alors qu'elle ne croyait plus en l'amour, Sandrine rencontre Olivier. Serait-ce ce qu'on appelle un coup de foudre dans les comédies romantiques ? Elle n'ose y croire. Surtout quand Olivier l'emmène quelques jours en vacances…

e décor alentour était majestueux, les montagnes qui cernaient la ville, revêtaient de sublimes manteaux, au fil des saisons. Néanmoins, la nature n'en restait pas moins féerique, avec son blanc-manteau et le ciel bleu azur, accroché au sommet du bicorne de la montagne Napoléon, située dans le Champsaur.

Les marmottes se donnaient en spectacle aux randonneurs qui s'aventuraient dans le parc des Écrins. Vers Prapic, elles couraient follement dans les verts pâturages.

Dans les Hautes-Alpes, tout était grandiose, tel un spectaculaire décor digne d'Hollywood.

La vie de Sandrine aussi aurait pu être un véritable film dramatique écrit par Steven Spielberg. Mais sa vie était bien réelle et tout ce qu'elle avait vécu jusqu'ici n'avait rien d'un scénario Hollywoodien.

Contrairement à certains, il fallait toujours qu'elle insiste pour obtenir quelque chose, elle devait se démener pour atteindre un but. Dans la vie, comme en amour. Mais à l'âge où les gens prenaient autrefois leurs retraites, Sandrine avait enfin rencontré quelqu'un. Son cœur s'était activé !

Olivier était un beau sexagénaire. Ils s'étaient rencontrés devant le stand d'un maraîcher sur le marché de Verdun.

Ce samedi matin là, ils mirent en même temps la main sur la dernière botte de radis : quand leurs regards se croisèrent, ce fut un coup de foudre immédiat entre eux.

Sandrine baissa instantanément les yeux et remarqua que l'homme, malgré son âge, ne portait aucun anneau au doigt :
– Pardon ! Je vous en prie, prenez donc la botte, Madame… dit-il.
– Merci ! Mais… c'est trop pour moi, je suis seule… Nous pouvons bien la partager en deux.
Il la regarda, amusé.
– Pourquoi pas. Je vis seul… Et il y en a bien assez pour nous deux, vous avez raison.
Il n'avait pas lâché la botte. Sandrine avait déjà un billet à la main.
– Non, non gardez votre argent, je vous l'offre…
– C'est bien la première fois qu'on m'offre des radis ! s'amusa Sandrine.
– Eh bien il faut un début à tout.
Il détacha quelques radis et lui tendit :
– Voilà pour vous…
Il attendait qu'elle lui donnât son prénom.
– Sandrine, je m'appelle Sandrine.
– Ah, enchanté Sandrine, voici vos radis, Sandrine. Je m'appelle Olivier.
Elle rangea les radis dans son sac et fit un pas vers un autre étal.
– Ah ! Vous allez par-là ? Moi, aussi s'amusa Olivier.
Un rire échappa à Sandrine, Olivier lui emboîta le pas.
Tout en marchant, comme deux vieux amis, ils parlèrent et la conversation était des plus naturelles. Olivier était originaire de Commercy, pays de la madeleine.
Divorcé depuis 12 ans, il avait deux garçons, aujourd'hui trentenaires : ils étaient partis s'installer à Grenoble.

Il n'avait plus aucun contact avec son ex-femme depuis le divorce et c'était parfait ainsi. Il avait été prof de violon au conservatoire de Verdun, mais il était désormais à la retraite. Parfois, il continuait à donner des cours de soutien aux jeunes musiciens prometteurs.

Sandrine raconta ses galères, la succession de petits boulots mal payés, les missions d'intérim. Puis, elle avait trouvé une place de secrétaire, elle avait enchaîné encore les petits contrats et avait eu l'occasion de signer un CDI. Elle avait alors pensé que les galères étaient loin derrière elle. Mais cinq ans plus tard, elle avait été licenciée pour faute grave, sans ménagement, ni avertissement. Son indélicat patron lui avait même collé une mise à pied à titre conservatoire, ce qui l'avait pénalisée pour toucher des allocations de chômage.

Le tribunal n'avait pas retenu la faute grave, mais Sandrine n'avait perçu aucun dédommagement de la part de son ex-employeur. Et surtout, les prud'hommes ne lui avaient jamais indiqué le motif de son licenciement.

Olivier l'écoutait avec attention.

Après une période de chômage, elle avait signé un deuxième CDI. Était-ce la fin de ses ennuis ? Son employeur avait cessé sans raison de lui verser un salaire.

Là encore, elle avait dû saisir les prud'hommes. Elle avait obtenu des dommages et intérêts pour le préjudice subi.

Désormais, elle survivait avec un RSA de 350 euros.

Olivier comprenait le désarroi de Sandrine. Il avait envie de la défendre, d'aller voir ses anciens employeurs, il voulait lui offrir un emploi digne... il en faisait des tonnes et Sandrine n'avait pas ri ainsi depuis longtemps.

Avant de se quitter, ce jour-là, elle lui confia qu'elle avait passé un très agréable moment.
Ils se regardèrent en silence, puis elle s'éloigna. Elle savait qu'elle allait le revoir : Olivier avait demandé son numéro.

Quelques jours plus tard, Olivier l'appela : puisqu'elle avait du temps, il passait la chercher, qu'elle prépare une valise, avec des vêtements chauds. Intriguée, Sandrine se sentait telle une adolescente attendant son cavalier pour le bal de promo.
– Ou m'emmènes-tu ? demanda-t-elle quand il arriva enfin.
– Surprise ! dit-il en attrapant sa valise.
Ils prirent donc la route en direction des Hautes-Alpes.
Dans la voiture, ils se trouvaient des points communs, ils riaient des mêmes choses, râler sur le gouvernement et l'inflation tout en se jetant des regards en douce.
À Grenoble, ils empruntèrent la route Napoléon et les paysages qui défilèrent devant leurs yeux étaient éblouissants à plus d'un titre.
Ils étaient éblouis l'un par l'autre. Éblouis par la nature riche et préservée qui s'offrait à eux. Éblouis aussi par la passion qui naissait entre eux.
Avant d'arriver à Gap, leur destination finale, ils dégustèrent des tourtons du Champsaur à Saint-Bonnet.
– De passage ? demanda la serveuse avec un intérêt poli.
– Nous arrivons de Lorraine, répondit Sandrine, comme s'il était déjà un couple.
– Vacances ?
– Nous allons à Gap, poursuivit Olivier, lançant un regard à Sandrine.

– Je vous conseille d'aller voir les marmottes et les loups autour du lac de Serre-Ponçon. Le domaine de Charance aussi, à Gap. Il y a un magnifique point de vue depuis la montagne sur le chapeau de Napoléon, dans le Champsaur. Si vous poussez jusqu'à Briançon, vous verrez les fortifications laissées par Vauban.
– Merci ! Et nous remangerons ces bonnes spécialités, dit-il en plantant sa fourchette dans un tourton. Ils sont très bons !
– Il y a bien d'autres spécialités, vous savez ! Les oreilles d'âne du Valgaudemar, la seille de Veynes, la truite de Châteauroux-les-Alpes… des plats à découvrir avec le génépi et la bière locale, à déguster avec modération bien entendu.
Ils finirent ce premier repas, les yeux dans les yeux. Ils savaient qu'il y en aurait beaucoup d'autres.

En descendant le Col Bayard, la ville de Gap reposait dans un écrin de verdure et de montagnes colorées, le centre-ville était en forme de cœur.
Une ville prédestinée.
Sandrine et Olivier arrivèrent à leur hôtel, au pied du domaine de Charance. Les pommiers étaient en fleurs, et le ciel d'un bleu profond, sans nuages.
– Je suis désolé, il ne restait qu'une chambre, dit Olivier après avoir donné son nom à la réception.
Au sourire de la réceptionniste, Sandrine sut qu'il mentait.
Il avait réservé la suite nuptiale. Sandrine n'avait jamais vu une chambre pareille. Ils rentrèrent dans la pièce, émus.
Après un regard, il s'approcha d'elle. Enfin, il l'embrassa.

Ils étaient comme deux adolescents découvrant la naissance des sentiments.

Ils prirent le temps de se découvrir, comme s'ils faisaient l'amour pour la première fois.

En un sens, c'était vrai. Ensemble, c'était comme si une nouvelle vie s'offrait à eux.

Tout était différent de leurs passés respectifs. Ils découvraient de nouvelles émotions et des sentiments jamais connus auparavant.

Leurs étreintes étaient douceureuses, voluptueuses. Avec un immense respect l'un envers l'autre. Leurs corps et leurs âmes communiaient.

Le lendemain, au petit-déjeuner, ils dégustèrent des beignets sucrés, puis ils se baladèrent, main dans la main, au domaine de Charance.

Comme leur avait indiqué la serveuse, la veille, le point de vue était idyllique sur la montagne, mais aussi sur toute la vallée. Le château était resplendissant et les jardins ressemblaient au jardin d'éden.

– Regarde ces canards ! Ils sont amoureux comme nous.

Et Olivier enlaça Sandrine et ils s'embrassèrent langoureusement.

Ils firent de nombreuses photos, plus ou moins réussies, avec leurs téléphones portables.

Le couple passa la journée, dans la ville, ils firent un tour dans le minibus du cœur de ville et se promenèrent encore longuement au parc de la pépinière.

Ils improvisaient une valse dans le kiosque romantique posé au centre du parc.

Au soir, près de la cathédrale, ils se restaurèrent dans un petit restaurant italien. Les pizzas étaient goûteuses, et le Chianti légèrement enivrant.
– Demain nous irons visiter le Queyras ! annonça Olivier.
– Avec joie ! répliqua Sandrine.
Elle l'aurait suivi n'importe où.
À l'hôtel, ce soir-là, ils firent l'amour tendrement.

La forêt de mélèzes était dense à Aiguilles. Ils achetèrent un miel de sapin et un autre de fleurs des montagnes. Chez un fabricant de jouets et d'objets artisanaux en bois, ils jetèrent leurs dévolus sur un violon.
Au col de l'Izoard, les paysages étaient lunaires.
Sandrine plaisanta :
– Nous voilà dans la lune et j'ai déjà le miel ! dit-elle en sortant le pot qu'ils avaient acheté un peu plus tôt.
Olivier rit :
– C'est message… pour une lune de miel.
Et il l'embrassa avec envie.
– Je suis si heureuse d'être ici avec toi, dit Sandrine. J'ai l'impression qu'à tes côtés, tout est simple…
– Mais bien sûr ! la vie peut être simple…

Ils roulèrent jusqu'à Briançon. Les maisons semblaient figées dans le passé. Sandrine aimait s'imaginer la vie à l'époque du Moyen-Âge.
Dans les boutiques, il y avait de nombreux porte-clés avec des marmottes.
– Elles sont trop belles ! s'enthousiasma Sandrine.

– Vous pouvez en voir juste à côté d'ici, vers Mont Dauphin, dit la commerçante avenante. Parfois elles courent même jusque sur la route ! Elles ne sont pas farouches.
– On va les voir ? demanda Sandrine en se tournant vers Olivier.
– Je t'emmène où tu veux ! s'amusa-t-il.
Ils quittèrent la ville fortifiée pour aller à la rencontre des marmottes. Après quelques kilomètres, elle cria :
– Regarde, là, arrête-toi, s'il te plaît !
Olivier trouva facilement un chemin dans lequel on pouvait stationner. Elle avait cru voir une marmotte, mais c'était un rocher.
Ils regardèrent la montagne sans un mot. Un sifflement perça le silence.
– On les entend siffler, c'est merveilleux !
Tout à coup, cinq marmottes se dirigèrent vers eux, sans doute espéraient-elles recevoir quelque chose à manger. Pas farouches, effectivement !
Mieux ne valait ne rien leur donner, comme leur avait indiqué la commerçante.
Olivier prit quelques photos et les marmottes plongèrent dans leurs terriers, en sifflotant gaiement.
Ils marchèrent sur un sentier, main dans la main. Par moments, des marmottes sautaient au loin, des gros bourdons virevoltaient sur un joli tapis floral. Ils étaient bien.
Au soir, ils égrainèrent une à une les photos prises dans la journée.
Le lendemain, ils partirent à l'aube. Premier arrêt : à Chorges pour découvrir la chapelle Saint-Michel de Prunières, posée au centre du lac de Serre-Ponçon. Véritable joyau.

Sur la berge, l'on pouvait se baigner et se mettre à l'ombre des pommiers.
D'ailleurs, c'était la plage des pommiers.
– L'eau est translucide ! cria Sandrine, avant de plonger dans les eaux turquoise de la Baie-Saint-Michel.
Après la baignade, ils poursuivirent leur route jusqu'à Embrun au cœur du lac de Serre-Ponçon.
Ils y restèrent une bonne partie de l'après-midi, à se prélasser, à s'aimer, à nager, à se reposer dans les bras l'un de l'autre.
Puis, ils visitèrent le parc aux marmottes.
Tout comme la veille, ils regardèrent les clichés pris, au moment de s'aliter.
– Ma vie auprès de toi est un rêve…
– Et quand nous rentrerons en Lorraine ?
– Ça ne changera rien pour moi… dit-elle en se blottissant contre lui.
Olivier gardait le silence.
– Et pour toi ? osa-t-elle demander.
– Pour moi non plus, ça ne changera rien… mais…
– Mais ? demanda-t-elle soudain inquiète.
– Mais nous ne serons pas ensemble… tu seras chez toi… et moi chez moi…
Sandrine le regarda, interloquée :
– Je ne peux plus me passer de toi… on pourrait emménager ensemble, proposa-t-il.
Elle n'en croyait pas ses oreilles !
– On pourrait même acheter un camping-car, voyager, ensemble, insista Olivier.
– Je sais pas…

Sandrine n'osait y croire.
— Nous avons bien le temps d'aller où bon nous semble désormais. À nous l'aventure et la vie de patachon !
Ils rirent encore un long moment et s'endormirent avec des rêves plein le cœur.

Le lendemain, ils randonnèrent dans les hauteurs des Hautes-Alpes et visitèrent le village le plus haut perché d'Europe : Saint-Véran.
Un gypaète barbu volait majestueusement dans le ciel bleu.
Ils se posèrent pour le reste de l'après-midi, au lac de Pelleautier, un véritable havre de paix.
— C'est le cocon idéal pour des amoureux tels que nous, dit Olivier en enlaçant tendrement sa belle.
Olivier avait de la prestance, avec son allure élancée et encore juvénile malgré son âge. Sandrine n'était marquée encore par aucune ride sur son visage. Elle semblait aborder la quarantaine alors qu'elle devenait sexagénaire.
C'était sans doute l'amour qui les unissait qui les rendait jeunes et emplis d'espérance pour l'avenir.
Tout naturellement, ils admirèrent le superbe coucher de soleil, aux couleurs pourpres.
Il y avait de nombreux lacs dans les Hautes-Alpes ; toute cette eau contrastait avec le faible débit de la Durance, asséchée par les sécheresses de plus en plus fréquentes, ces dernières décennies.
Le bleu des eaux et le vert des montagnes se mariaient parfaitement, offrant un paysage féerique à tout à chacun.

Ils visitèrent encore le Buëch et la Roche-des-Arnauds. La vue sur le ciel étoilé était un enchantement.

Dans le Valgaudemar et le parc des Écrins, ils virent encore quelques marmottes. Ainsi que des chamois. L'aigle royal dominait les cieux d'azur.

Au milieu de cette nature chatoyante, ils marquaient de nombreux arrêts pour se câliner, tout en contemplant ces tableaux bucoliques.

Ils déjeunèrent à Tallard, près du château médiéval qu'ils visitèrent dans l'après-midi. Tout au fond de la cour d'honneur se dressait le logis seigneurial, la partie la plus ancienne du château, restaurée avec soin.

Au soir, ils ne rentrèrent pas directement à leur hôtel. Ils observèrent les étoiles dans le Super Dévoluy, au centre d'astronomie de Veynes.

Le ciel haut alpin était encore préservé de la pollution de l'éclairage public.

Ainsi, les étoiles brillaient au firmament et la pleine lune pouvaient s'observer assez facilement à l'œil nu.

Mais dans les lunettes astronomiques, quel spectacle !

L'on pouvait presque attraper la lune au lasso !

– Tiens ! Une étoile filante ! s'enthousiasma Olivier. Je fais le vœu de t'aimer toujours, ma chérie.

– Ce n'est pas un vœu, c'est la réalité.

– Et toi quel vœu fais-tu ?

– Qu'on ne se quitte plus jamais… répondit Sandrine en regardant les étoiles.

– Ce n'est pas un vœu, c'est la réalité.

Ils pouffèrent de concert et leurs rires revinrent en écho perpétuel.
– Tu vois ! Même la nature est d'accord avec nous, s'amusa Olivier.
Ils se jurèrent amour et fidélité à jamais.

Pour leur dernier jour à Gap, Olivier avait convié ses enfants.
Ils étaient heureux de rencontrer la femme qui rendait leur père joyeux. Même au son de sa voix au téléphone, on pouvait s'en rendre compte.
Sandrine était angoissée, mais les deux jeunes hommes avaient compris le sentiment sincère qui les unissait.
Le déjeuner se déroula dans une ambiance joyeuse. On aurait dit une famille. Une vraie famille.
À la fin du repas, Olivier demanda au serveur de prendre une photo pour immortaliser ce moment.
– Tu nous l'enverras papa ! demanda l'aîné des enfants d'Olivier.
Olivier était heureux de voir ses enfants aussi bienveillants avec celle qui pourrait vraiment devenir sa nouvelle compagne.
Sandrine oubliait les années difficiles. Peut-être avait-elle enfin droit au bonheur.
Un pincement au cœur lui arracha une grimace quand elle pensa au retour qui approchait.
– Je vais faire des courses, dit-elle. `
– Tu veux que je vienne ?
– Non, profite de tes enfants… je vous retrouve d'ici à une heure.
Elle acheta les spécialités locales, de l'huile d'olive, des savons, du miel, de la lavande, de la fougasse, des tourtons… Elle voulait que chaque achat lui rappelle cette douce escapade.

Ils se retrouvèrent pour une dernière glace. Puis les enfants d'Olivier reprirent la route.
En regardant la voiture s'éloigner, Olivier prit Sandrine dans ses bras :
– Je suis heureux, dit-il.
Sandrine se demanda s'il était heureux d'être avec elle ou d'avoir vu ses enfants. Elle évita de poser la question.

Le soir, après un dîner aux chandelles, elle s'approcha d'Olivier :
– Pourrons-nous revenir ? Je me sens si bien ici.
– Bien sûr ! Nous sommes libres… Et ma proposition d'hier tiens toujours.
Sandrine fit mine de ne pas se souvenir :
– Je ne vois pas de quoi tu parles…
– Dommage…
Ils se regardaient en riant.
– Je ne voudrais jamais partir…
– Alors restons encore un peu…
Dans le fond, personne ne les attendait en Lorraine. Ils pouvaient bien en profiter.

FIN

Il était une foi

Une nouvelle Romantique

Elonade Ozbrach

Résumé : Sarah et Josué forment un couple harmonieux et très amoureux. Après des études dans une école agricole, ils créent une ferme pédagogique. C'est un franc succès. Ils sont également très croyants. Aussi se rendent-ils à la messe de Minuit de leur commune, pour fêter Noël dans la joie.

L e petit âne est l'attraction de la ferme pédagogique que possèdent Sarah et Josué, à 40 minutes de Tours. C'est le petit chouchou, car c'est le dernier arrivant à la ferme.

Les lapins et les agneaux suscitent par ailleurs beaucoup l'admiration des tout-petits, qui sentent les pelages doux sous leurs petits doigts.

Les enfants aiment bien aussi les embrasser et leur faire des câlins. Tout comme donner du grain aux poules. Et ramasser les oeufs, quand il y en a.

Les adolescents s'amusent à effrayer les oies, car ils trouvent cela divertissant de les entendre cancaner bruyamment.

C'est en général, à ce moment-là, que l'âne gris pousse un tonitruant "Hi Han !".

L'assemblée générale s'esclaffe alors.

Josué parle des pigeons et de leurs exploits, notamment durant les guerres, et il sait communiquer son enthousiasme et son attrait pour la colombophilie, au public fasciné par ses histoires.

Sarah montre son savoir-faire dans la confection de savon au lait d'ânesse. La ferme en possède cinq. Il va de soi que la production reste artisanale. Ce n'est pas grâce aux savons, que les jeunes fermiers peuvent se dégager un salaire. Et encore moins des bénéfices. L'exploitation vit principalement de dons, particulièrement de la Région.

Tous les animaux, qui arrivent ici, ont été sauvés de mauvais traitements, ou pour certains ôtés des griffes de l'abattoir pour lesquels ils sont destinés.

Les animaux leur sont reconnaissants de cette générosité.

Sarah a toujours aimé les animaux. Durant son enfance, elle a été très attachée à un labrador couleur golden, qui était très grand, pour sa race. Aussi, Sarah décidât de l'appeler Goliath. Il a vécu treize ans et quand Goliath s'en est allé, au paradis, Sarah a pleuré son chien, plus d'un an.

Aujourd'hui encore, quand elle repense à Goliath, elle est toujours mélancolique.

Cependant, Sarah a eu une enfance très heureuse, elle a la chance d'avoir encore ses parents, auprès d'elle, et en bonne santé. Ils ont tous les deux soixante ans. Ils aident beaucoup Sarah et leur gendre, à la ferme. Le papa s'occupe du nettoyage des litières et rend la vie des animaux de ferme, très confortable et fort agréable.

Sarah désirait posséder une ferme pour y recueillir des animaux maltraités par la vie, et surtout par les hommes. De certains êtres humains...

Car beaucoup de personnes sont comme elle : empathiques envers leurs semblables, mais aussi avec les animaux et la nature de façon générale.

C'est à l'école agricole de Touraine, qu'elle a rencontré Josué. Elle a tout de suite su que Josué est son âme soeur. Il pense comme elle, mais en homme !

À la fin de leurs études, ce fut une évidence de s'installer ensemble. À 25 ans, ils se mariaient. Les parents de Sarah étaient enchantés d'accueillir Josué dans leur famille. Car, le jeune homme avait perdu ses parents, à l'âge de seize ans, dans un accident de voiture.

C'était un peu avant Noël, leur véhicule a foncé tout droit dans un arbre, sur une route verglacée du Loir-Et-Cher. Ils sont tous deux décédés sur le coup.

C'est l'oncle de Josué, qui a proposé à son neveu de venir habiter à la maison, à Tours. L'oncle William étant le frère de la maman de Josué. Il tient une mercerie avec sa femme, Candice, au centre-ville de Tours.

Josué fut très heureux et extrêmement fier que Candice, puis William, le conduise devant l'autel où l'attendait Sarah, fébrile, pour s'unir, pour l'éternité, à son tendre amour. L'amour de sa vie. C'est aussi l'oncle William et sa femme qui ont confectionné la robe de mariée en dentelle, de la jolie Sarah. La blancheur de la robe contrastant avec la longue chevelure d'ébène de la jeune femme.

Peu de temps après leur union, dans leur ferme, les tourtereaux accueillirent leur premier animal : un chat.
Mais pas n'importe quel chat, un chat noir, jeune adulte, qui a été maltraité et lâchement abandonné, devant la mercerie de William. Ce dernier a aussitôt amené le petit animal, effrayé et blessé un peu partout sur le corps, aux jeunes mariés.

Sous ses airs excentriques, l'oncle William a un véritable coeur d'or. Il est généreux et humble, tout comme Josué.

Sarah est tout émue en apercevant la boule de poils quelque peu craintive. Le vétérinaire la rassure ; il n'y a aucune blessures physiques graves. Il lui faudra juste un foyer chaleureux pour panser ses meurtrissures morales. De l'amour, il n'en manque pas dans le doux foyer de Sarah et Josué.

- Comment allons-nous l'appeler, ce minou ? Interroge Josué.

- Eh bien, j'ai remarqué qu'il est gourmand, comme moi, il aime les sucreries. De plus, il est noir, avec juste une petite tache blanche, sous le poitrail, tache que l'on appelle "le doigt de Dieu". C'est pourquoi, je décide de l'appeler Réglisse ! Dit Sarah, toute enjouée, en prenant son chat dans les bras.
Sarah couvre Réglisse de mille petits baisers délicats et s'écrit :
- Hummm... c'est le meilleur Réglisse que j'aie mangé de toute ma vie !
Les amoureux rient de bon coeur.

La ferme pédagogique est un vrai succès en Touraine.
Elle apparait dans les guides touristiques de la Région, au même titre que les châteaux de la Loire, au pays de Rabelais et Balzac. Ensuite, le bouche-à-oreille s'est chargé de leur conférer une réputation de bien-être animal, par-delà la Touraine.
Les animaux vivent dans un véritable havre de paix.
Réglisse est choyé, c'est le "bébé" de la maison, "mon bébé d'amour" selon les dires et louanges de Sarah pour ce chat noir, qu'elle aime profondément. Réglisse représente le symbole de l'esprit de la ferme et de la volonté de Sarah et Josué, de ce qu'ils veulent véhiculer comme valeurs.
Un soir, Josué embrasse sa femme tendrement et lance :
- On pourrait peut-être avoir un autre bébé d'amour, qu'en dis-tu, ma chérie ?
Josué est facétieux, ce soir.
- Tu aimerais ? Demande doucereusement la belle Sarah.
- Eh bien, nous avons tout pour rendre un enfant heureux. Les animaux ne se plaignent pas, en tout cas ! Attention ! Je ne compare pas un bébé avec des bêtes.

Mais, tu vois ce que je veux dire. Nous avons du respect et de l'amour autant pour les animaux que pour nos congénères, n'est-ce pas ?
- Oui, je comprends parfaitement ce que tu veux me dire.
Sarah entraîne par la main, son mari, dans la chambre où Réglisse s'est installé, en bas de la couette. Il ne bouge même pas aux ébats de Sarah et Josué, qui n'ont pas eu non plus l'idée de déloger le chat.
Sarah ôte l'élastique qui retenait ses longs cheveux ébènes, en queue-de-cheval. Josué se déshabille de façon lascive.
Une fois nu, il enserre Sarah et embrasse ses lèvres rouges. Sarah s'abandonne à son mari et quand il est en elle, la jeune femme enfonce ses mains dans les cheveux noirs de son homme. Ils s'aiment tant.
À l'issue de leurs ébats, ils scrutent le chat qui les regarde tout en bâillant. Sarah aime observer les grandes taches noires qui ornent le palais de Réglisse. C'est décidément un matou original ! Tout comme lui, les amoureux ne tardent pas à plonger dans les bras de Morphée.

C'est un immuable rituel dans la vie des jeunes époux : la messe du dimanche. Toute leur famille se retrouve à l'office dominical. Ils sont tous croyants. Même à travers les épreuves qu'a traversé Josué, il remercie chaque jour Dieu. Sans lui, rien ne serait possible. Josué est convaincu que ses parents sont toujours là, auprès de lui. Ils auraient aimé Sarah autant que lui.
- Cela fait trois ans que nous sommes mariés. Aussi, pour Noël, nous vous invitons tous, à la ferme, dit Josué à l'ensemble de la famille. À la sortie de la messe.

- Mais nous ne sommes qu'en avril ! S'écrit William perplexe.
- C'est vrai ça, poursuivit Candice.
- C'est que nous aurons à fêter deux évènements. Dit Sarah, tout sourire.
- Laisse-moi deviner, déclare la maman de Sarah qui pense avoir compris. Tu es enceinte ?

Sarah adresse un clin d'œil à ses parents.

- En effet ! Je suis enceinte d'un mois. Le bébé devrait naître vers le 15 décembre.

Tous entourent la future maman, avec du baume au cœur pour chacun.

- Et s'il naît à Noël le divin enfant ahaha ? S'esclaffe William, toujours dans la facétie. Il s'entend bien avec Réglisse la malice, de ce côté-là.
- Non, non, c'est prévu pour le quinze ou même un peu avant, s'empresse de dire Josué.
- Ah, les voies de Dieu sont impénétrables, mes enfants, ricane l'oncle William dans sa barbe grisonnante.
- Vous avez raison, cher William approuve la maman de Sarah. Nul ne peut prédire la date exacte d'un accouchement.
- Oui... bon... d'accord ! Mais on ne peut pas être enceinte plus de neuf mois, tout de même ! Déclame Sarah songeuse.
- Certes, chère enfant, commente le papa de Sarah. Mais le dix, le quinze ou le vingt-quatre, ça ne fait pas une grande différence, si ?
- Nous verrons bien ! Conclut Josué qui invite tout le monde à prendre un apéritif à la ferme.

L'été est particulièrement chaud et étouffant, cette année. Heureusement que Sarah n'en est qu'à son premier trimestre. Josué est très prévenant, tout au long de la grossesse de sa femme. Il se réjouit à l'idée d'être papa. Fille ou garçon, peu leur importe, à tous les deux ! Du moment que l'enfant est en bonne santé, c'est le principal. Cependant, les amoureux se sont promis d'avoir plusieurs enfants. Eux sont enfants uniques. Ils veulent au moins deux enfants, peut-être trois.
Le ventre de Sarah est joliment rebondi, en ce mois de décembre :
- On va pouvoir rajouter un aquarium à la ferme, avec la baleine que je suis ! Dit Sarah, exaspérée, n'ayant pratiquement plus de souffle dès qu'elle prend la parole.
Josué s'approche d'elle et lui murmure à l'oreille :
- Je t'aime, mon petit poisson d'amour, ma sirène.
- Tu vas bientôt entendre la sirène des pompiers, oui !
Et ils rient de bon cœur.
- Moi aussi, je t'aime. Dit Sarah en se lovant tout contre son homme. Josué est si doux et attentionné avec elle. Même quand elle est vindicative, parfois. Ce comportement changeant est sans doute dû au chamboulement hormonal qui se produit dans le corps de la jeune femme.

C'est le 24 décembre et Sarah n'a toujours pas accouché. Le jeune couple ferme la porte de la ferme pour se rendre à l'église, et ainsi retrouver toute la famille, pour assister à la messe de minuit.
- Tu es très en beauté, ma chérie ! Dit Josué, émerveillé par sa femme.

Sarah porte une robe large, bleue, avec un dessin de crèche de Noël sur le haut de la robe. Son mari a un pull de Noël avec un âne. Seul l'oncle William est sur son 31, avec un costume-cravate noir. La seule fantaisie réside sur sa cravate, puisqu'il a cousu des centaines de boutons multicolores et pailletés, sur cet accessoire. Mercerie oblige !

Candice est très élégante, dans un tailleur en velours vert sapin (c'est de saison), avec également des boutons originaux sur la veste de son tailleur : candy cane, sapin, biscuit de Noël et feuilles de houx.

Seuls les parents de Sarah sont dans un style plus classique.

Toute la famille s'installe, dans une rangée au fond de l'église, à droite. De là, ils peuvent admirer la crèche géante et le sapin de Noël affublé de ses plus beaux atours. Dans la crèche, il n'y a pas encore Jésus, puisque le curé le place, à la fin de l'office.

L'église est pleine de fervents Chrétiens, qui ont la foi et qui viennent fêter la naissance de Jésus-Christ. La messe débute par le chant « les anges dans nos campagnes ». Sarah apprécie tout particulièrement ce chant. Josué pose une main sur le ventre de sa femme :

- Tu vas bien, mon ange ?

Sarah fait « oui » de la tête. Elle ne peut pas être davantage heureuse. Si ce n'est que par la naissance de son enfant. Mais il semble être bien au chaud et il n'est guère décidé à montrer son petit minois.

Vient le chant « Douce nuit, sainte nuit », puis l'homélie du prêtre.

- Joseph et Marie arrivent à Bethléem...

- Au secours ! À l'aide ! Hurle Sarah au fond de l'église, se tenant le ventre, jambes écartées.
- Je perds les eaux ! Mon Dieu ! Aidez-moi !

Toute l'assistance se retourne et regarde Sarah. Quelqu'un s'écrie :
- Qu'on l'emmène à la maternité à Tours !
- C'est trop tard ! Nous n'arriverons jamais à temps, l'accouchement est imminent ! S'écrie Sarah. Je sens que mon bébé est prêt à arriver d'un instant à l'autre.

Le curé, dans l'expectative cherche une solution, il s'exprime alors :
- Monsieur, amenez votre femme, sur l'autel !

Le prêtre ôte la croix et les fleurs qui ornent l'autel.
Il poursuit avec un incroyable sang-froid :
- Y a t-il un gynécologue ou un médecin dans l'assistance ?
- Moi, moi, je suis chirurgien. Je peux aider à mettre au monde cet enfant.

C'est un homme d'une quarantaine d'années, qui a levé la main, très sûr de lui. Il s'approche de l'autel sur lequel Josué a déposé sa femme. Un enfant de chœur revient de la sacristie avec un coussin et une couverture, selon les directives de l'homme d'église.

La plupart de l'assemblée a des yeux ébaubis par la situation qu'ils sont en train de vivre. C'est la naissance de l'enfant Jésus en direct live. Quelle épopée !

La maman de Sarah s'approche de l'autel et prend la main de sa fille dans la sienne. Elle lui dit des mots de réconfort. Elle ne pensait pas que le premier enfant de sa fille arriverait aussi vite !

Le curé invite la chorale à chanter et l'organiste à jouer des morceaux joyeux.
Le médecin enlève sa veste et relève les manches de sa chemise blanche.
Il s'approche de l'entrejambe de Sarah et commence son examen :
- Je suis honoré de pouvoir vous aider. Je m'appelle Matthieu.
- Ma femme, c'est Sarah et moi, c'est Josué, s'empresse de répondre le jeune homme qui sue.
- Enchanté ! C'est votre premier enfant ?
- Oui, répond Sarah. Normalement, j'aurais déjà dû accoucher.
- La nature et Dieu nous réservent parfois des surprises. Heureusement, celle-ci s'avère joyeuse.
Le docteur rassure le prêtre qui s'est avancé dans la nef, pour rasséréner également toutes ses ouailles. La chorale enchaîne les chants. La musique apaise quelque peu Sarah, dont les contractions commencent à devenir plus virulentes.
Elle broie, pratiquement, la main de sa maman.
- Suis les conseils du docteur, ma chérie, et tout se passera bien. Tu vas bientôt connaître la joie d'être maman à ton tour. Et c'est pour le moins très original.
- Soufflez ! Poussez ! Relâchez ! Inspirez ! Encourage Matthieu avec des mains qui essaient de faciliter le travail, il possède, sans contexte, la minutie du chirurgien. Le fait qu'il ne soit pas gynécologue, n'inquiète nullement les amoureux.
Quelques personnes joignent leurs mains pour prier pour la jeune femme.
La messe a débuté à 22 heures. Il est 23H50.
Le prêtre lit la Bible avec la naissance de Jésus.

- Nous prions pour Sarah et son mari Josué. Je vois que toute sa famille est présente également.
L'oncle William est timide, lui qui est d'habitude si expansif, déluré. Il n'en mène pas large désormais. Candice et les parents de Sarah sont aussi sous le choc. Quelle surprise !
- Je l'avais bien dit, en avril, les voix de Dieu sont impénétrables. J'avais prédit la naissance de cet enfant, à Noël. Mais je ne pensais pas alors que ce serait à l'église ! Entonne William.
Tous se mettent à rire de bon cœur.
Josué tamponne le front de sa bien-aimée avec de l'eau bénite.
- Tu es entre de bonnes mains, ma chérie, ici. Dit Josué entre deux contractions.
- Allez-y Sarah... poussez et bloquez quand je vous le demanderai. Je vois la tête...
Sarah écoute scrupuleusement les conseils du médecin.
Soudain, dans un ultime effort, l'enfant est expulsé et pousse immédiatement un fort cri.
C'est la liesse générale ! Tout le monde applaudit.
L'enfant est emmailloté dans un drap de lin immaculé. Matthieu le dépose sur la maman, tout en sueur, avec des larmes de joie. Elle tourne la tête vers les célébrants :
- C'est un magnifique garçon !
- En plus, il est né, le jour de Noël, puisqu'il est minuit. Comment allez-vous l'appeler ce petit bonhomme ? S'enquit Matthieu.
Le jeune couple se regarde et Sarah dit calmement :
- Je crois que l'on va l'appeler Noël, Jésus, Matthieu.
Tout le monde s'écrie :
- Hourra !

Le prêtre est tout sourire, il tient la main de Sarah et ose lui demander :
- Vous permettez, Sarah, que je prenne Jésus pour le mettre dans cette crèche dorénavant vivante, tout du moins du côté de l'enfant.
- Bien sûr, mon père.
L'homme d'église prend précautionneusement l'enfant et le dépose dans l'auge qui est vide. Avec les santons de Marie, Joseph, de l'âne et du bœuf.
Josué aide sa femme à se lever et à prendre place autour de leur enfant, dans la crèche.
Les doigts de l'organiste parcourent avec dextérité le clavier et toute la chorale se met à chanter l'ultime chant de Noël : « Il est né le divin enfant ».

FIN

L'enfant du Passé

Une nouvelle Fantastique (parution dans le Nous Deux du 06/07/2021)

Elonade Ozbrach

Résumé : Alice et Guillaume sont les heureux parents d'un petit Victor. Mais voilà, depuis qu'il sait parler il dit s'appeler Virgile. Ce n'est pas un caprice et ses parents se trouvent alors bien démunis… Et si c'était vrai ?

Alice et Guillaume avaient fondé leur propre agence publicitaire et de marketing, là où ils résidaient, à Rambouillet. Ils travaillaient de concert, depuis déjà cinq ans, quand ils eurent, sur le tard, un fils unique.

Aujourd'hui, ils ont tous les deux 45 ans et le petit Victor vient de fêter ses huit ans.

Alice et Guillaume vivraient une vie parfaitement harmonieuse et simple, si Victor ne leur causait pas autant de tracas. Mais surtout tant d'interrogations à son sujet.

Victor a toujours été un enfant « étrange » ou tout du moins très singulier.

Cela faisait huit ans qu'ils ne cessaient d'arpenter les cabinets médicaux et qu'ils consultaient des spécialistes, des pédiatres et quantité d'autres médecins… Sans résultat probant. Aucun diagnostic fondé ne résultait de toutes ces consultations.

Un couple d'amis des Dupont avait même suggéré d'aller voir un exorciste ou une médium !

N'importe quoi ! Non, Victor n'était pas possédé par le Démon. Il n'était pas fou. C'était tout le contraire ! C'était un garçon très éveillé, intelligent et empreint d'une grande maturité d'esprit pour son âge. Il était même surdoué dans l'art du dessin.

Néanmoins, on avait l'impression que, parfois, Victor, vivait dans sa bulle. C'est d'ailleurs pour cette raison, vers l'âge de six ans, qu'un médecin a prononcé le mot « autisme ».

Mais Guillaume et Alice restaient perplexes. Victor était un enfant ouvert aux autres, en premier lieu à ses parents. Il était très prolixe.

Seulement, les parents de Victor, ne parvenaient pas à deviner ce que Victor essayait de leur dire. Et, de toute façon, même autiste cela ne changeait rien à l'amour considérable qu'éprouvaient Guillaume et Alice, pour Victor.

C'est comme si l'enfant s'exprimait dans une autre langue que le Français. Ou qu'il dessinait des hiéroglyphes et qu'Alice et Guillaume n'étaient pas initiés à leur signification et déchiffrage.

Ce qui était encore plus étrange, depuis sa naissance, Victor hurlait à mort, dès qu'on le plongeait dans l'eau du bain. Comme si c'était une réelle souffrance, un calvaire à endurer pour le nouveau-né. Heureusement, Alice et Guillaume vivaient dans un coquet pavillon, isolé, à Rambouillet. Des voisins auraient pu penser qu'Alice maltraitait son enfant.

Elle-même était peinée par cela. Elle craignait de mal s'y prendre et de faire mal, inconsciemment, à son propre fils. A la maternité, les infirmières avaient déjà constaté cet état de fait, quand, le premier jour, elles ont montré à Alice et Guillaume, comment laver leur enfant. Elles ne comprenaient pas, les pleurs et cris stridents de Victor, à l'approche de l'eau.

Le pédiatre de l'hôpital avait examiné scrupuleusement Victor et n'avait rien décelé d'anormal, sur le plan physiologique. Victor n'avait aucune pathologie, aucun handicap physique ou mental.

Les infirmières n'ont pu que constater les bons gestes, tendres et tout en douceur, d'Alice ou du papa de Victor, au moment du bain. Le médecin en avait conclu que Victor avait peut-être subi un choc traumatique, quand il baignait dans le liquide amniotique. Sans pour autant en connaître la cause.
L'hôpital s'est voulu rassurant, à la sortie d'Alice, de la maternité.
Alice et Guillaume avaient décidé que, chacun à tour de rôle, tous les 2 jours, resterait à la maison pour prendre soin de Victor.
Ainsi, ils verraient grandir, à parts égales leur bébé.

Vers l'âge de trois ans, un après-midi où Guillaume s'occupait de Victor, l'enfant commença à parler.
– Pa… apa… Pa…
– Victor ! c'est bien mon poussin, tu dis Papa !
D'un coup, l'enfant sortit presque une phrase complète :
– Papa… Moi, pas Victor… Moi, Virgile…
– Virgile ? Non, tu t'appelles Victor, fiston.
Les deux garçons, à cet instant, demeuraient crédules et dubitatifs.
Au soir, Guillaume raconta la scène à Alice.
– Virgile ? Ce n'est pas un prénom banal. Et Victor n'a jamais entendu ce mot là, prononcé par qui que ce soit, autour de nous. D'où ça lui vient ?
– Je l'ignore, je ne me l'explique pas non plus.
Un après-midi où Alice, cette fois, était à la maison, elle prit un café avec son amie Rosy. Victor découvrait les crayons de couleur et s'attelait à réaliser de jolis dessins.

– Ça va mon poussin ?

L'enfant, tout sourire, répondit d'un air enjoué :

– Oui maman, Virgile va bien. Je fais un joli dessin pour toi et Rosy !

Rosy regarda Alice et l'interrogea naïvement :

– Virgile ? Qu'est-ce que ça veut dire ?

Alice invita Rosy à la suivre dans la cuisine, pour préparer du café, mais c'était un prétexte à l'éloigner de Victor, afin qu'il n'entende pas ce qu'Alice allait dire à Rosy.

Alice chuchota, dans la cuisine :

– C'est bizarre, Guillaume et moi sommes aussi surpris que toi. Quand on l'appelle Victor, il nous dit s'appeler Virgile et non Victor.

– Étrange, en effet. Est-ce le prénom d'un camarade de classe ?

– Non. Et aucune personne de notre entourage s'appelle Virgile. On se demande d'où lui vient ce prénom qu'il n'a jamais entendu prononcé ?

– Je ne peux pas t'aider, je ne vois aucune explication rationnelle, ni fantaisiste non plus d'ailleurs.

Victor trouvait le temps long, seul dans le salon.

Aussi arriva-t-il précipitamment dans la cuisine, brandissant son dessin, devant les deux jeunes femmes.

Là encore, elles demeurèrent coites.

Pour son jeune âge, Victor avait réalisé un dessin, digne d'un adolescent de quatorze ans. Ses coups de crayons n'avaient rien de puérils et le dessin était empli de multiples détails.

L'on pouvait y voir en arrière-plan, des maisons qui ressemblaient fortement à des corons du Nord, avec un terril de la mine. Au premier plan, Victor avait dessiné le portrait d'un jeune adolescent qui lui ressemblait très nettement. À côté de l'ado, Victor avait dessiné un chat noir et devant les personnages, coulait une rivière.
– Virgile et Charbon le chat ! s'exclama l'enfant guilleret.
– Ah bon ? Tu les connais ces personnages ? demanda Rosy, intriguée.
– Oui, c'est moi et mon chat : Charbon. Parce qu'il est tout noir comme le charbon. Papa travaille à la mine. Et maman est dans la maison.
Alice et Rosy échangèrent un regard incrédule.
– Tes parents travaillent dans la publicité, tu le sais ça, Victor ? expliqua Rosy d'un ton apaisant.
– Oui, mes parents d'aujourd'hui. Mais mes parents d'hier sont à la mine.
Alice attrapa le dessin pour mettre fin à la discussion.
– On va accrocher ce joli dessin sur le frigo. Tu es doué Victor. Tu pourras peut-être un jour utiliser ton talent dans notre agence !
Ils éclatèrent de rire.
Au soir, Guillaume rentra du travail et vit le dessin sur le frigo.
Il attrapa une bière et demanda :
– Chérie ! Il est magnifique ton dessin ! C'est une idée, pour vanter les croquettes pour chat, de notre nouveau client !
Alice rejoignit Guillaume, à la cuisine en riant :
–- Je suis flattée, mais ce dessin est l'œuvre de Victor.

Guillaume fut décontenancé.
– Victor ? Tu plaisantes ?
– Nullement. C'est bien notre fils l'artiste. D'ailleurs, il prétend que c'est lui ado, qu'il s'appelle Virgile, qu'il a un chat noir qui répond au nom de Charbon. Et que ses parents travaillent dans les mines du Nord de la France. Ou tout du moins, son père et que sa mère vit dans une maison d'une cité minière.
– Quelle imagination ! Mon fils serait-il également écrivain ?
– Je ne sais pas, mais tout ceci est étrange. J'ai l'impression que notre fils est un étranger pour moi. J'ai beau l'avoir mis au monde, je ne sais rien de lui et qui il est réellement ? On l'a appelé Victor mais il dit s'appeler Virgile. C'est troublant, non ?
Au moment du coucher, Guillaume questionna, l'air de rien, son fils.
– J'ai vu ton très beau dessin. Est-ce que tu connais l'endroit que tu as dessiné ?
– Oh oui ! C'est dans le Nord.
– Oui, là où il y avait de nombreuses mines de charbon. Et le chat, c'est le tien… Victor… Virgile ?
– Oui ! C'était Charbon, il ne me quittait pas il était toujours avec moi. Moi… Virgile…
Guillaume ne voulait pas perturber son fils davantage avant qu'il ne s'endorme. Il lui fit un gros câlin, lui lut une histoire, celle du chat botté, l'embrassa sur le front. Il laissa la porte entrouverte et rejoignit Alice au salon.
Les amoureux demeuraient perplexes face à cette situation inédite.

Quelques jours plus tard, Alice reçut un appel téléphonique de l'école de Victor.
Alice devait immédiatement se rendre à la piscine municipale, où débutaient les cours de natation.
Alice arriva, en toute hâte à la piscine.
Monsieur Eric Durgeon l'attendait avec Victor, tout habillé. L'enfant était en larmes et il se précipita dans les bras de sa mère dès qu'il la vit arriver.
– Maman, maman ! J'ai peur !
– Que se passe-t-il ?
– Bonjour Madame, intervient le maître de Victor.
– Bonjour Monsieur Durgeon. Qu'est ce qui se passe ici ?
Alice continuait à consoler son fils.
– Victor était prostré devant l'eau. Il hurlait à la mort, en suppliant de ne pas rentrer dans l'eau.
– C'est normal ! J'ai trop peur ! Je ne sais pas nager !, dit l'enfant.
– Oui c'est le cas pour tous les élèves. C'est pour cette raison que nous sommes à la piscine : c'est pour vous apprendre à nager.
L'enfant écoutait, il recouvrait peu à peu son calme. Manifestement, il semblait terrorisé. Comment Alice pouvait-elle expliquer à l'enseignant, que Victor hurlait à chaque fois qu'il avait un contact avec l'eau ? Il aurait pu penser que les Dupont maltraitaient leur enfant. On leur aurait ôté Victor et cette idée était impossible à envisager, pour Alice.
Combien de parents, accusés à tort, se sont vus priver de l'éducation de leurs enfants ? Et jusqu'à ce que la Justice reconnaisse ses torts, il pouvait s'écouler de nombreuses années. Quel gâchis !

– Depuis toujours Victor a peur de l'eau. Notre médecin nous fera une dispense des cours de natation.
– Mais s'il n'apprend jamais à nager, cela peut lui porter préjudice, plus tard, dans sa vie, vous ne pensez pas ?
– Écoutez, je ne vais pas traumatiser mon fils, s'il a la phobie de l'eau, tout de même !
– Soit. Mais sachez que les portes ne sont pas closes. Le jour où Victor décidera de revenir sur sa décision, l'école l'accueillera volontiers.
– Je vous remercie pour votre indulgence.

Sur le chemin du retour, les pensées d'Alice se bousculaient dans sa tête.
Et si leurs amis avaient raison ? Avec leur idée de consulter un médium ? Même si Victor ne souffrait d'aucune folie, son comportement en restait néanmoins tout à fait irrationnel. Les médecins et la science n'apportaient aucune réponse valable.
Les Dupont se décidèrent à franchir le pas.
Rosy leur donna l'adresse d'une parapsychologue sérieuse et reconnue. Les dessins de Victor étaient de plus en plus troublants. Quand la médium l'interrogea sur l'un d'eux, il indiqua que son père était chef porion, dans une mine du Nord, que Virgile vivait dans une grande et belle maison, de briques rouges, offerte par la compagnie minière, de par le grade de son père dans la hiérarchie.
– Est-ce que tu connais le nom de cette ville ?
– Oui, bien sûr ! C'est Noyelles-Godault…

Alice et Guillaume avaient l'impression de vivre dans la quatrième dimension !

Mais ils avaient maintenant un nom ! Est-ce une piste ? Tenaient-ils quelque chose ?

La famille Dupont entreprit de se rendre à Noyelles-Godault.

Même s'ils ne trouvaient rien là-bas, les parents de Victor/Virgile auraient peut-être quelques réponses fugaces, mais au moins tangibles.

Le voyage fut décidé pour la mi-mai.

Il était seize heures et comme tous les jours, à cette heure, Yolande buvait une tasse de chicorée et dégustait quatre spéculoos très précisément.

Elle s'apprêtait à boire une gorgée de son breuvage de ch'ti quand on sonna à la porte.

Elle alla, d'un pas encore alerte, pour son âge, vers la porte d'entrée. Quand elle ouvrit la porte, elle laissa tomber sa tasse de chicorée et s'écria :

– Virgile ! ?

La tasse se brisa en mille morceaux en touchant le sol carrelé.

– Bonjour Madame Fétré. Nous sommes Guillaume et Alice Dupont et voici notre fils Victor. Nous arrivons de Rambouillet…

– Enchantée. Je suis bien Yolande Fétré, comme vous avez sans doute pu le lire sur la sonnette. Venez ! Entrez, je vous en prie. Je ne connais pas la raison de votre visite, mais elle suscite ma curiosité.

– Avez-vous une balayette et une éponge pour nettoyer tout ceci ? Demanda Alice.

– Oh, ne vous tracassez pas. Allez tout droit, dans le salon et installez-vous.

Dans le couloir, Guillaume et Alice observèrent toutes les photos et portraits de famille. Ils stoppèrent leur marche devant une photo d'un couple et leurs deux enfants, une fille et un petit garçon.

Le garçon était le portrait craché de… Victor.

Ils furent tous deux abasourdis.

Yolande arriva à leur hauteur, avec un petit sourire malicieux.

– Ce sont mes grands-parents : Marie et Anicet Meury. La petite fille c'est ma mère, Odette qui avait sept ans, en 1922 sur la photo. Et là (Yolande pointa son doigt sur le garçon) c'est le frère de ma mère : Virgile. Il avait 14 ans et cette photo a été prise trois mois avant sa mort.

Victor dit avec calme :

– Oui, c'est moi, avec Charbon dans mes bras.

Yolande intriguée lui répondit :

– Exact ! Virgile aimait beaucoup son chat noir qui s'appelait effectivement Charbon.

Tous furent émus par cette révélation.

Victor scruta l'ensemble de la maison et se mit à courir vers les escaliers pour se rendre à l'étage.

– Victor ! Victor ! Ne sois pas impoli, voyons ! cria Alice mais elle ne voyait déjà plus son fils.

– Laissez le faire, Madame… ça ne craint rien.

– Alice, appelez-moi Alice, je vous en prie.

– D'accord, allons à l'étage. Voir Victor ou… Virgile.

L'enfant se trouvait dans une chambre. Yolande expliqua qu'elle était auparavant celle de Virgile. Là encore, la pièce semblait figée dans le passé, avec de nombreuses photographies de cette époque.
- Tout le monde vivait dans l'insouciance, à ce moment-là. Personne ne pouvait prédire le drame.
– Qu'est-il arrivé à Virgile ? questionna Guillaume, avide de découvrir enfin tous les secrets et la destinée de son fils.
Avant que Yolande ne commence à conter l'histoire de sa famille, elle invita Alice à s'asseoir dans le rocking-chair devant la fenêtre.
Guillaume et son fils s'installèrent confortablement sur le lit. Victor tenant dans ses mains une peluche : un chat noir. Yolande s'assit en face d'eux sur la chaise du petit bureau sur lequel trônait un cliché de Virgile avec Charbon. On pouvait y voir toute la complicité et la tendresse qui les unissaient.

Alice jeta un coup d'œil subrepticement vers l'extérieur. Une rivière jouxtait le jardin de la propriété. Elle remarqua une croix blanche avec une statue en ébène d'un chat noir. Autour de la tombe, il y avait des morceaux de charbon.
Yolande comprit qu'Alice venait de découvrir la sépulture de Virgile.
– Oui, c'est un terrible drame... Anicet était chef-porion à la mine de Dourges Noyelles-Godault. Avec sa femme Marie, ils bénéficiaient de l'avantage de résider dans cette superbe maison de maître, légèrement isolée de la cité minière et des corons où vivaient les mineurs de fond.

C'était le privilège du chef-porion qui était le bras droit du Directeur de la Mine. Virgile avait 14 ans et il avait obtenu son certificat d'études, il en était très fier ! Trop impatient, d'attendre le retour de son père, il entreprit de rejoindre Anicet, à la mine. Pour gagner du temps, il longea la Deule, la rivière que vous pouvez voir. À l'approche de la mine, il y avait des terrils géants, tout près de la rivière. Virgile n'a pas vu que la terre était meuble. Il a mis son pied dans des sables mouvants et la branche à laquelle il tentait de s'accrocher a craqué. Il est tombé dans la rivière qui avait un fort courant et comme Virgile ne savait pas nager, il a été emporté et s'est noyé.

Toute la famille Dupont avait les larmes aux yeux.

– Je comprends maintenant pourquoi Victor a la hantise de l'eau ! s'exclama Guillaume.

– Vraiment, ce petit bonhomme à peur de l'eau ? demanda Yolande.

– Oui, j'ai peur de l'eau, je ne sais pas nager non plus. À la piscine, j'étais terrorisé.

– C'est vrai ! poursuivit Alice. Depuis toujours, Victor nous parle d'une vie passée. Sa vie antérieure où il s'appelait Virgile et avait un chat noir au nom de Charbon.

– Je veux bien le croire, il n'y a pas de hasard. Sinon, ça fait beaucoup de coïncidences.

– Et que sont devenus, vos grands-parents et votre mère après cette catastrophe ?

– Eh bien, mon grand-père tout comme ma mère et ma grand-mère furent abattues par le chagrin. Bizarrement, le corps de Virgile fut charrié pratiquement devant la maison, à l'endroit où se trouve son tombeau désormais.

Charbon venait inlassablement miauler sur la tombe de son ami perdu. Anicet, et ma mère Odette qui me l'a raconté, disaient même qu'ils entendaient le chat ronronner. Quand Charbon s'en est allé, quinze ans plus tard, à son tour, Anicet le fit enterrer à côté de Virgile et fit réaliser la statue de couleur noire, en bois d'ébène, que vous apercevez. Ma mère a pu racheter cette maison à la société minière, quand ce fut la fin des industries charbonnières, et au décès de ses parents.

Après une courte pause, elle reprit :

– Moi, j'ai 80 ans, je suis née ici, à Noyelles-Godault et je perpétue la mémoire de mes ancêtres. Je suis veuve depuis dix ans. Mon mari s'appelait Roger Fétré.

Nous avons eu trois enfants et j'ai cinq petits-enfants. Nous vivons tous encore dans le Pas-de-Calais.

Yolande leur fit visiter l'ensemble de la maison, puis ils vinrent au jardin. La propriété était magnifique, toute de briques rouges typiques du Nord.

Et la générosité de cœur des gens du Nord n'était pas une légende ; Yolande était la bonté incarnée.

Tous les quatre se recueillirent un long moment, devant la tombe de Virgile et de son chat.

Quand ils rentrèrent à l'intérieur de la maison, Victor semblait en paix.

Il avait retrouvé ses racines et renoué avec sa vie antérieure. Lui et ses parents avaient enfin des réponses concrètes, même si la situation demeurait absolument fantastique.

Soudain, Victor déboula dans la cuisine, attiré par de petits cris, des miaulements.

Yolande arrivait, tout sourire, derrière l'enfant qui était penché sur un panier en osier où était installée une chatte grise et un chaton noir.

– Ah, ça, c'est Minouche qui nous a fait des petits ! On les a tous placés sauf ce petit chaton noir…

À ce moment, Victor prit le chaton espiègle dans ses bras et Yolande dit sur un ton bienveillant :

– Si tu veux, je te l'offre… hum… si tes parents sont d'accord, bien entendu.

Quand les parents de Victor virent la mine enjouée de leurs fils, ils ne purent qu'entériner leur accord.

– C'est entendu ! Tu vas l'appeler comment ton petit compagnon ?

– Ben Charbon, bien sûr !

FIN

Le syndicat de la carotte

Une nouvelle Romantique

Elonade Ozbrach

Résumé : Béatrice a décidé de prendre quelques jours de repos... pas vraiment... Au lieu de traditionnelles vacances, elle opte pour du woofing. De plus, son séjour à la ferme se déroule en novembre, dans un petit village de l'Est de la France. Va-t-elle rencontrer enfin un homme qui saura faire battre son coeur ?

éatrice a le sourire aux lèvres, au volant de sa petite citadine électrique qui la conduit sur son lieu de villégiatures pour une semaine.

Elle est heureuse en toutes circonstances. À son travail, ses collègues et son patron apprécient son enthousiasme et sa sociabilité.

Elle est secrétaire au sein d'une association qui oeuvre pour l'environnement. Béatrice se sent utile même si, songe-t-elle qu'elle n'apporte qu'une toute petite pierre à l'édifice.

Changer les mentalités est un long processus à accomplir, mais Béatrice reste confiante et optimiste.

Du côté professionnel, la jeune femme de 35 ans est comblée. Par contre, sa vie sentimentale est morne et solitaire.

Elle a bien vécu une histoire durant quatre ans avec Julien. Mais, passé la passion du début de leur relation que Béatrice pensait amoureuse, ils découvrirent qu'ils n'avaient aucun point commun, ni aucun caractère susceptible de se compléter.

Béatrice aime la nature, les animaux, elle est soucieuse de l'avenir de la Terre et de ses habitants, sur tout le globe. Les week-ends, elle se rend à la SPA de sa région pour y promener les chiens et caresser les félins. D'ailleurs, lors d'une de ses visites estivales, elle a eu un coup de coeur pour une petite chatte noire aux yeux ronds de chipie.

- Tu es ma gentille chipie, toi ! S'exclame Béatrice en prenant la petite boule de poil aux yeux jaune mordoré.

L'animal se met à ronronner, en réponse aux douces caresses de son amie humaine.

C'est sans aucun problème que Béatrice a pu repartir avec la petite chatte au pelage soyeux.

- Bienvenue chez toi, Félindra !

Béatrice a adopté Félindra peu de temps après sa rupture d'avec Julien, il y a trois ans maintenant. Une routine s'est installée entre les deux êtres.

- Viens, ma fifille, viens sur les genoux de maman.

Aussitôt, Félindra s'exécute et ronronne fort en se lovant sur le ventre de sa maman.

Peu à peu, l'idée de vivre avec un homme s'estompe de l'esprit de la jeune femme. Néanmoins, hormis ses qualités altruistes, Béatrice est une très belle femme. Elle a une allure féline, avec ses longs cheveux d'ébène et ses yeux vert noisette. Quand elle écrit des courriers, à la main ou sur un clavier, ses longs doigts vernis s'élancent à la recherche des lettres à taper.

- Je voudrais poser une semaine de congés, à partir du 17 novembre, si cela est possible ? Demande Béatrice à son patron.

- Pour moi, il n'y a pas de souci, à cette période. Où partez-vous ? Si cela n'est pas indiscret.

- Ce ne sont pas vraiment des vacances, je vais dans une ferme, à Sarralbe, en woofing. Ils ont besoin de "bras" pour la récolte des carottes.

- De votre part, cela ne m'étonne guère, aha ah ah s'esclaffe joyeusement le boss. Il y a des cigognes là-bas.

- Oui, on peut les suivre avec les caméras de la ville. Il y a beaucoup d'oiseaux qui ne migrent plus, car les hivers se sont nettement radoucis dans le Grand Est.

- En effet ! Mes enfants sont allés récolter des bonbons pour Halloween, en t-shirt, cette année. Le monde est devenu complètement fou !

Béatrice et Félindra arrivent enfin à la ferme chez Dominique et Rahel Dubois. Le couple a la quarantaine ce qui crée immédiatement des liens très fort avec Béatrice.
- Bienvenue chez nous ! Je m'appelle Dominique et voici Rahel, ma femme et notre fille, la petite Anna.
Anna vient embrasser Béatrice avec un pouce dans la bouche et un doudou lapin dans l'autre main. Elle remarque la petite caisse contenant Félindra.
- Enchantée ! Moi, c'est Béatrice et voici Félindra. Vous m'avez autorisé à la prendre avec moi.
- Oui, nous aimons les animaux. Surtout Anna poursuit allégrement Rahel.
- J'espère que tu n'iras pas dans les champs vêtue ainsi ? Lance Dominique sur un ton plaisantin.
Béatrice rougit.
- Non, là c'est ma tenue de secrétaire, rassurez-vous...
- Tu peux nous tutoyer, je l'ai bien fait...
- Euh... oui... j'ai pris des tenues décontractées et des chaussures de jardin.
- Avec toute la boue qu'il y a dans les champs, il vaut mieux des bottes ! Quelle pointure fais-tu ?
- Du 38. Pourquoi ?
- Rahel te prêtera des bottes.
Rahel indique la chambre dans laquelle logera Béatrice. Elle est spacieuse.

- À côté, il doit y avoir un jeune homme qui devrait arriver demain matin seulement. Nous avons aussi deux garçons de ferme qui viennent de temps à autre, nous donner un coup de main, quand il y a beaucoup de récoltes à effectuer. Explique Rahel.
Béatrice s'installe rapidement et laisse Félindra découvrir les lieux. Elle a repéré où sa maman lui a posé sa nourriture ainsi que sa litière.
Béatrice rejoint rapidement ses hôtes. Anna est en train de dessiner sur la table du salon. Quand elle a fini son chef-d'oeuvre, elle vient l'offrir à Béatrice.
- C'est pour moi ?
- Oui, regarde, là c'est toi et là c'est Félindra.
Le félin est dix fois plus gros que Béatrice et Anna a dessiné des coeurs tout autour de la chatte noire.
- Oh ! Félindra est magnifique ! Dis-moi, tu as quel âge ?
- Six ans !
La petite fille apprécie déjà beaucoup la présence de Béatrice à ses côtés.
À table, l'on mange un bon velouté de carottes et des pommes de terres sautées.
- Le pain en épeautre, vient de la ferme voisine. Ainsi que les oeufs. Plus loin, là où se trouvent les nids de cigognes, nous avons une collègue qui produit, tout comme nous, du bio, avec ses chèvres. D'ici à 3-4 jours, nous irons chez elle pour l'aider à traire les biquettes. Elle te donnera du fromage et du savon.
- Génial ! Béatrice est aux anges. Cela fait longtemps que tu fais de la permaculture ?

Dominique répond :
- Mes parents sont agriculteurs. Mais, j'ai repris l'exploitation depuis cinq ans seulement. Avant, j'étais chef d'entreprise dans l'agroalimentaire, à Grenoble. Puis, l'on m'a licencié.
J'ai traduit l'industrie aux prud'hommes. J'ai gagné. Mais je ne voulais plus travailler dans ce milieu. Je désirais revenir à des choses plus saines, plus épanouissantes aussi. Et qui soient utiles à toute la communauté. Se lancer dans le bio, n'est pas chose aisée. Au niveau Européen, tu as toutes les aides qu'il te faut, si tu produis de la malbouffe, avec des pesticides à gogo et du bétail malmené...
Si tu veux produire du bon, du sain pour les hommes et pour la planète, tu as intérêt à t'accrocher !
- Oui, je sais ce que c'est ! Je travaille dans une association environnementale. Les paperasses administratives, je connais bien ça ! Il est vrai, que tous les dossiers qui oeuvrent dans le bon sens, sont sans cesse gentiment repoussés ou mis de côté. Il faut une énergie incroyable pour les défendre et les faire accepter légalement. Humm ! La soupe est exquise.
- Merci, dit Rahel. Demain, lever à sept heures. J'emmène Anna à l'école et ensuite je vous rejoins dans les champs, pour extraire les carottes.

Béatrice faillit manquer le réveil, mais Dominique hurle dans les escaliers :
- Debout là-dedans ! Les légumes ne vont pas sortir tout seul de terre !
Béatrice file prendre une douche et vient s'asseoir dans la grande salle à manger.

Rahel et Anna mangent déjà des tartines de miel et de confiture de mirabelle. Anna vient embrasser Béatrice dès qu'elle l'aperçoit.
- Bonjour Anna. Tu as bien dormi ?
- Oui, j'ai rêvé de Félindra.
- Ah bon ? Moi aussi.
- Dominique t'attend dans le champ, dès que tu auras fini ton petit-déjeuner. Je conduis Anna à l'école et je vous rejoins. Je t'ai mis des bottes dans l'entrée. Mets des gants et une grosse doudoune, il a fortement gelé cette nuit ! La terre est complètement congelée.
Effectivement, le givre recouvre toute la lande alentour.
Quand Béatrice arrive au niveau de Dominique, il y a là trois hommes qui l'entourent.
- Ah ! Bonjour Béatrice. Ça va ? La terre est dure comme un roc ! Viens ! Je te présente Armand et Philippe qui nous aident ce matin pour la récolte des carottes. Et nous avons Flavien qui fait du woofing comme toi.
Tous se serrent la main et se congratulent. Béatrice et Flavien se retrouvent côte à côte dans un immense champ d'un hectare de culture de carottes. Dominique, Armand et Philippe se répartissent encore sur un autre hectare de terre.
Ce n'est pas facile de fendre la terre gelée à l'extrême. D'ailleurs, au premier coup de pioche Flavien casse l'outil.
Voyant cela, Dominique emmène tout le monde aux abords de la ferme.
Un immense tas de carottes s'élèvent devant leurs yeux ébaubis.

- Nous allons préparer ces carottes déjà arrachées, pour la vente sur les marchés et pour la réalisation des paniers bios. Il faut enlever les fanes et les mettre dans cette cuve. Nous les récupérons pour un autre agriculteur qui a des ânes et des lapins. Il viendra les chercher ce soir, après notre labeur. Ensuite, nous avons trois calibrages de carottes : les petites, les moyennes et les grosses. Chacune a son casier. Celles qui sont trop abîmées, trouées, rognées vont avec les fanes pour les bêtes. Est-ce clair ?
Tous opinent du chef. Rahel arrive à ce moment-là et donne des couteaux à chacun. Béatrice se retrouve une nouvelle fois à côté de Flavien. Le jeune homme lui adresse un beau sourire. Tous enlèvent leurs gants pour travailler convenablement.
Au bout d'une heure d'une cadence presque usinière, les doigts sont gelés. Il reste encore quatre heures avant la pause déjeuner !
- Dominique ! Hèle Béatrice. Celle-ci, moyenne ou grosse ?
- Fais-voir ! Hummm... je dirai moyenne plutôt.
- OK. Et quoi de neuf, docteur ?
Tout le monde rie et les mâchoires se détendent. Chacun parle de ses vies respectives. Béatrice est même très volubile, elle n'hésite pas à parler de son fiasco sentimental avec Julien.
- Tu es vraiment rigolote, lance Flavien, plus réservé quant à lui. Moi aussi, je suis seul...
Dominique et Rahel se lancent des sourires en coin et songent à la même chose : rapprocher ces deux-là.
- Quel âge as-tu ? Demande Rahel.
- 35 ans.
- C'est la première fois que tu fais du woofing ?

- Oui. Je suis habituellement dans un bureau, en tant qu'architecte. Mais l'écologie et le bien-manger font partie intégrante de mon mode de vie.
- Tout comme moi, répond Béatrice.
L'on échange et le temps s'égrène plus vite alors. Armand et Philippe sont les enfants de la fermière aux chèvres. Il est courant de s'entraider entre voisins agriculteurs.
Béatrice et Flavien découvrent qu'ils habitent et travaillent dans la même ville. Ils se découvrent, au fil des heures, de nombreux points communs ou des complémentarités. Tout ce qui n'existait pas entre Béatrice et Julien en fait.

Enfin midi !
Anna chantonne en revenant de l'école, la terre s'est quelque peu réchauffée, mais demeure néanmoins encore très froide. Il ne fait pas plus de 3 degrés dans l'après-midi.
Le déjeuner en commun est un réel moment de partage et de convivialité. L'on rit, l'on boit de l'eau, mais c'est comme si c'était du champagne, l'omelette aux champignons est délicieuse.
Rahel a fait des beignets et une tarte aux pommes en dessert.
- Je lève ma tasse de café aux Dubois, le Syndicat de la Carotte vous remercie pour ce beau partage ! Dit Béatrice facétieuse.
Tout le monde applaudit l'initiative et tous pouffent de rire.
- Le syndicat de la carotte ? Interroge Dominique hilare.
- Parfaitement ! Je n'aurais jamais imaginé que de récolter des carottes soit aussi pénible et fatigant !

- Moi non plus, poursuit Flavien qui s'est encore rapproché de Béatrice, en posant une main sur son bras gauche qui est restée à plat sur la table, tandis que l'autre s'élève en l'air avec la tasse de café. Au contact de Flavien, Béatrice repose la tasse si brusquement que du breuvage coule sur la table.
- Je n'en loupe pas une.
Rahel lui tend l'éponge tandis que Flavien se confond en excuse :
- Pardon ! Je ne voulais pas te faire peur !
- Non, ce n'est pas ta faute. C'est moi qui suis toujours étourdie.
Béatrice lance un clin d'oeil et Dominique intime le retour au travail illico presto.
- Bien, les amis ! Les carottes ne vont pas se récolter toutes seules. Nous allons aux champs, cet après-midi. Il faut impérativement sortir ces carottes avant les grosses gelées.
Flavien est prévenant, il montre à Béatrice comment planter la bêche dans le sol au mieux, afin de s'économiser pour la ramasse des carottes.
- Tu vois, tu dois accompagner le mouvement de ton outil, sinon tu vas te flinguer le dos !
Béatrice rit ; elle est heureuse ! Malgré les engelures, les ampoules aux mains et aux pieds, malgré le froid et les gerçures aux lèvres, elle irradie de bonheur.
Flavien sait lui réchauffer le coeur et l'âme.
- Tu sais, moi je veux bien adhérer à ton syndicat de la carotte !
Béatrice contemple le jeune homme qui soudain s'arrête d'extraire les légumes. Enivrés tous les deux, ils s'embrassent fougueusement. Après leurs douces étreintes, ils se remettent immédiatement à leur tâche.

De temps en temps, Dominique vient contrôler leur travail en leur prodiguant encore quelques conseils bien utiles.

À 18 heures, les frères rentrent chez eux, l'autre paysan vient récupérer les fanes pour ses animaux et les deux woofers restants jouent à la poupée avec Anna, dans le salon. Félindra se frotte aux jambes de Béatrice qui la gratifie de douces caresses.

Après le repas, Flavien accompagne Béatrice à sa chambre.
- Je suis fourbue !
Flavien prend les pieds de sa belle et les masse doucement :
- Oh cela me procure un bien fou ! Tu es un véritable génie du massage !
La fougue et la passion sont de retours. Les amoureux s'embrassent une éternité.
- Bonne nuit, ma belle !
- Bonne nuit, mon beau !
Félindra vient se mettre dans la cambrure des reins de Béatrice.
- Toi aussi ma belle chipie, tu es un génie ! Je t'aime !

Le lendemain fut à peu près une journée identique à la veille, à la différence qu'il n'y a plus que Béatrice et Flavien à la ferme.

Le troisième jour est plus serein, car les woofers, accompagnés par Dominique seulement, vont voir les chèvres puis les cigognes dans leurs nids, au village. Les bébés cigogneaux ont déjà bien grandi depuis leurs naissances en mai dernier. Bientôt, ils quitteront le nid parental pour avoir le leur.
- C'est fascinant de les observer ! Regarde celle-là qui est dans le ciel ! S'exclame Béatrice qui tient la main de Flavien, tout naturellement.

- C'est majestueux ! Commente Flavien. Heureux de démarrer une histoire d'amour avec Béatrice.
À l'issue de leur visite à la ferme, les amoureux repartent avec du fromage de chèvre et du savon.
- Je connaissais le savon au lait d'ânesse, dit Béatrice intriguée.
- Cela marche aussi avec le lait de chèvre, répond poliment la fermière.
- Maintenant que nous avons découvert ce merveilleux endroit, nous y reviendrons régulièrement. Assure Flavien.
- Ce sera un plaisir de vous recevoir.

En fin de semaine, c'est la composition de paniers de légumes qui se réalise. L'on déterre les poireaux, les navets et le chou kale ainsi que les pommes de terre. Rahel confectionne des paniers de un, cinq et dix kilos. Ensuite, le vendredi, elle se rend au marché pour y vendre sa production maraîchère. Dominique, quant à lui, va déposer les paniers chez les clients habituels du coin, qui ont passé une commande par internet.
Le week-end, les Dubois s'attellent à embellir leur site internet qui s'appelle le « Tanzgarten » (littéralement cela veut dire la danse du jardin). L'exploitation côtoyant les Vosges, l'Alsace et l'Allemagne, ce nom s'est imposé tout naturellement.
Le couple essaie aussi d'obtenir de nouveaux clients qui adhèrent à leur proposition écologique en mangeant des produits issus de l'agriculture biologique.
Vendredi, Béatrice accompagne Dominique, qui l'a prise sous son aile, chez les divers clients de la Région. Il y en a même de prestigieux : une députée, un directeur qui emploie un grand chef dans le restaurant du golf.

Néanmoins, Dominique apprécie tout autant « les petites gens » comme il aime à le dire. Même quand il travaillait à un haut poste de dirigeant, il avait toujours su rester humble.

À midi, Béatrice et Dominique s'arrêtent à un bar et commandent un café :

- C'est passionnant, ton métier ! Lance Béatrice admirative du travail de Dominique.

- Oui ! Rude parfois, surtout avec les carottes engoncées dans une terre de béton !

Ils éclatent de rire, sous le regard perplexe du barman. Dominique poursuit en envoyant un clin d'œil vers le serveur :

- Heureusement que nous avons le Syndicat de la carotte ici présent (il indique Béatrice) pour nous aider dans notre tâche.

- Je ne suis là que pour une semaine, tout le mérite vous revient à toi et à Rahel.

Sur ces entrefaites, ils reprennent la route durant deux heures encore pour achever leur tournée maraîchère.

Flavien et Rahel ont réalisé, eux aussi, de bonnes affaires au marché.

- Ah, vous avez de l'aide aujourd'hui ? Interroge une vieille dame, visiblement habituée au stand de Rahel.

- Oui, c'est exceptionnel. Mais ce soutien est le bienvenu.

- Tant mieux, tant mieux, ma fille. Auriez-vous du potimarron, par hasard ?

- Non, pas cette semaine. Mais vendredi prochain, très certainement.

- Parfait ! Je vais prendre ce panier d'un kilo. C'est suffisant pour moi seule.

Flavien est très prévenant, il accompagne la dame jusque chez elle, en lui portant son panier de provisions hebdomadaires.
- Merci beaucoup, jeune homme.
Flavien refuse le billet que la vieille dame lui tend.
- Non merci madame. Ce fut un plaisir pour moi de vous rencontrer.

Le moment du départ est venu. Anna est triste, elle caresse une dernière fois Félindra.
- Ne sois pas triste, Anna ! Tu sais, Flavien et moi, on n'habite pas loin de chez toi. On aura bien l'occasion de se revoir.
- Oui, c'est vrai ! Maintenant, que l'on connaît une bonne adresse, renchérit Flavien.
- La prochaine fois, l'on vous reverra tous les deux ensemble, en amoureux, poursuit Rahel.
Anna semble moins triste, à ces mots réconfortants.
Dominique, plus réservé que les autres, est très ému au moment des au-revoir. Les yeux embués face à Béatrice qu'il prend dans ses bras :
- Vous aurez toujours votre place ici. La prochaine fois, vous rencontrerez ma mère. Elle est partie en croisière sur le Rhin avec l'une de ses copines. Elle a besoin de se changer les idées. Depuis la mort de mon père, elle est triste. C'est nous, en fait qui habitons chez ma mère.
- Nous reviendrons très bientôt, promis.

- À Noël ! Chantonne Anna.
- Oui, à Noël, conclut Flavien.

Flavien et Béatrice se suivent, avec le coffre plein chacun, de bons légumes du Tanzgarten.

Chacun a une larme à l'œil, mais tous adhèrent dorénavant et pour l'éternité au « Syndicat de la carotte ».

FIN

Les clichés de Noël

Une nouvelle Évasion

Elonade Ozbrach

Résumé : Tanguy Kerouen aime son métier de photographe animalier à Brest. Il essaie d'exercer sa vocation, comme son héros télévisé préféré : Columbo. Mais là, sa vie va être chamboulée par la rencontre de Gaëlle.

**e ciel au-dessus du château de Recouvrance était céruléen.**

On avait l'impression d'être sur la Côte d'Azur alors qu'en fait, on se trouvait à Brest. Tanguy Kerouen, qui résidait en face de Recouvrance et son château, admirait cette belle vision.

Il ne se lassait jamais de cette vue. Il était fier d'avoir déniché ce petit deux pièces, tout au début de sa carrière, en tant que photographe, il y a dix ans maintenant.

Il s'était spécialisé dans la photographie animalière.

C'était un véritable breton « pur beurre » comme il aimait à le dire et donc très attaché à sa terre et même à sa ville : Brest. Il n'avait même jamais dépassé le département du Finistère. Il était « à la maison », surtout ici, à Brest. Il avait toujours refusé des promotions qui l'auraient déraciné de sa ville ou même de son département. C'est pourquoi, il s'était immédiatement mis à son compte, déclinant toutes les offres hors de chez lui. Il était ancré ici, bon sang !

Tanguy Kerouen avait grandi dans l'une des tours de Lambézellec. Il organisait, alors jeune adolescent, des chasses au trésor dans le quartier, avec, notamment, son amie d'enfance et camarade d'école : la jolie Sidonie Bellec.

Ils partageaient tout, sans ambiguïté, même une fois devenus adultes, tous les deux. Ils resteraient simplement des amis, à vie.

Tanguy Kerouen était fasciné, par un personnage de télévision qui l'encouragea à devenir photographe et non pas détective privé : l'inspecteur Columbo.

Mais tout comme ce fameux inspecteur virtuel, Tanguy avait le sens du détail et l'art de patienter. Quand il se promenait dans la forêt de Brocéliande, il attendait parfois des heures, caché derrière un gros chêne, avant de pouvoir photographier une biche ou un lapin.

Mais le résultat final valait largement cet effort : les clichés étaient époustouflants !

Aussi, depuis la création de la série et la diffusion originelle, Tanguy Kerouen ne manquait jamais aucune diffusion ou rediffusion, quand elle repassait à la télévision.

Sidonie ne l'invitait pas le samedi soir, pour un dîner ou une autre sortie, car elle savait que Tanguy regardait encore pour la énième fois son héros, Columbo. Il était admiratif de cette façon de travailler pour parvenir jusqu'à l'assassin. C'était toujours ce « petit détail » qui amenait Columbo à l'auteur du crime.

Tanguy Kerouen procédait de la même manière, minutieux, qui préparait avec soin chaque séance de prises photographiques. Il espérait, tel Columbo, trouver le « petit détail » qui le conduirait sur une piste sérieuse et qui sait ? Jusqu'au cliché idéal.

Sidonie appréciait son côté sensible. Comme elle, il s'investissait dans la cause animale. Ils pleuraient ensemble, face à la maltraitance animale ou envers les enfants. Cela les révoltait à un plus haut point !

Tanguy avait su développer une clientèle de particuliers qui désirait graver sur la pellicule les moments de complicité qu'ils entretenaient, pour la plupart d'entre eux, avec leurs animaux de compagnie. Les photos témoignaient aussi de leur beauté pour certains et de leur très grande élégance pour la majorité de ces compagnons de vie.

Néanmoins, le client le plus important de Tanguy, restait la S.P.A. Il se rendait régulièrement au refuge de Plouhinec et à Crozon, pour faire des reportages animaliers afin de donner un maximum de chance aux pensionnaires de ces refuges de trouver des adoptants.

Il y avait toujours deux grosses « opérations séduction », l'une en été pour contrer le fléau des abandons des grandes vacances estivales et l'autre à Noël. Dans le but de sensibiliser le public ; non, les animaux, chat, chien, lapin et autre NAC, ne sont pas des peluches, ni un cadeau de Noël dont on se sépare au bout de six mois.

Les enfants devaient être sensibilisés à la cause animale.

Tanguy était passionné par son métier, il se sentait utile. Son sacerdoce avait un réel sens.

Sidonie Bellec n'était pas parvenue, non plus, à quitter sa ville de Brest. À 18 ans, elle se mariait avec Erwann Legall. Ce dernier faisait partie du trio d'amis Tanguy-Sidonie-Erwann. Erwann fréquentait la faculté de Droit de Brest avec Tanguy. Erwann aurait bien aimé entrer dans la police, mais quand il vit Sidonie pour la première fois, ce fut un coup de foudre instantané. Et il ne fut plus du tout certain de son choix professionnel.

Ils se marièrent quatre mois seulement, après leur rencontre. Tanguy essayait de raisonner Sidonie, mais ce fut lettre morte. Sidonie était amoureuse et Erwann, elle en était convaincue, était l'homme de sa vie. Erwann cessa de fréquenter la fac de Droit et Sidonie et lui, après leur mariage, décidèrent de reprendre la boulangerie des parents de Erwann. Les parents de Erwann purent prendre leurs retraites, soulagés. Ils cédèrent la boulangerie et l'appartement situé au-dessus du magasin, à leur unique fils.
La boulangerie était située, derrière « Lambé », au 10 rue de Tréornou, en face de la piscine municipale. Sidonie retrouvait le terrain de jeu de son enfance. Chaque matin, Tanguy Kerouen venait acheter son pain chez Sidonie, bien qu'il y ait des boulangeries, à Recouvrance et dans la rue de Siam.
- Bonjour Tanguy. Alors, Columbo, il a fait quoi hier soir ?
- Bonjour Sidonie. Il a, comme toujours, résolu le mystère.
- Je sais bien, mais il s'agissait de quel épisode ?
- Celui de l'enterrement de sa femme. Du moins, du faux enterrement de son épouse. Très bien ficelé, épisode intéressant.
- Ah oui... je m'en souviens. Je ne l'ai pas regardé hier, car Erwann et moi étions à un fest-noz, à Guipavas. Nous sommes rentrés à trois heures du matin et je dois avouer que le réveil, ce matin, est quelque peu rude. Mais je ne me plains pas, car Erwann a dormi seulement une heure. Il doit être au fournil vers 4 heures.
- Pas facile, en effet... Je vais te prendre une baguette et deux souris.

C'était le rituel de Tanguy Kerouen, chaque dimanche, immuable, rassurant et si breton ! Malgré cela, Tanguy n'avait pas le pied marin, il ne savait pas nager et n'avait jamais mis les pieds sur un bateau. Il regardait les manifestations maritimes, tous les 4 ans, en rade de Brest, de loin, depuis son balcon. Il appréciait l'odeur d'iode qui parvenait à ses narines. Mais il se tenait à distance de la foule grouillante de ces jours-là. Tanguy était plutôt du genre casanier. C'est en partie pour cette raison qu'il aimait son métier de photographe. Il vivait en solitaire.

Tanguy Kerouen s'engouffra dans la rue Jean Jaurès où il y soufflait un fort vent, mais Tanguy était trop concentré pour s'apercevoir qu'il ventait outrageusement. Depuis les bombardements, durant la seconde guerre mondiale, Brest avait été reconstruite avec des rues « à l'Américaine », droites et perpendiculaires. Facilitant l'engouffrement du vent.
Il dévora son dessert, après le repas, avec délectation.
Puis, il observait les bateaux et les passants sur les quais. Le château, imposant, éclatait de majesté. Tanguy prit son appareil pour figer les mouettes qui avaient pris possession de l'édifice.
Puis, il feuilleta son agenda pour la semaine prochaine ; une dame voulait que Tanguy fasse des photos portraits de son chien.
- Tiens tiens ! Madame Le Gall vit avec un basset-hound, le même chien que mon ami Columbo. S'exclamait Kerouen.
Il aurait bien aimé aussi adopter ce genre de chien, mais dans un deux-pièces, cela n'aurait pas été l'idéal pour l'animal. Tanguy pensait avant tout au bien-être des animaux au détriment de son confort personnel.

Mais, il envisageait d'aller habiter dans une maison, à la presqu'île de Crozon.

Le paysage et l'océan là-bas étaient de pure beauté, éblouissants.

Tanguy aimait aussi se balader à Morlaix. Il y allait en général, deux fois par mois, non pas pour son travail, mais avec Sidonie et Erwann.

Ils mangeaient des crêpes bretonnes bien évidemment.

En été, Sidonie appréciait toujours, en dessert, une crêpe à la mirabelle.

Ils sirotaient du chouchen et du cidre, en plaisantant, sur certains clients de la boulangerie, qui avaient un caractère âpre et difficile.

Sidonie parvenait à tourner en dérision tous ces mauvais moments.

À leur retour de virée dans le pays de Roscoff, ils revenaient, à la saison chaude, avec de gros artichauts, achetés directement chez un producteur local.

Quand arrivait décembre, à Brest, Sidonie accompagnait son ami Tanguy au refuge de la S.P.A pour aider à faire poser les animaux et les mettre sur leur 31.

Il y avait toujours beaucoup de monde, à cette période de Noël, le refuge était en effervescence !

- Oh, cher Tanguy, je suis ravie, comme toujours de t'accueillir, lança la directrice en enlaçant Tanguy qui commençait à rougir. Il était modeste et très timide.

Il détestait les honneurs et la mise en avant, préférant se retrancher derrière l'appareil photographique.

- Avec plaisir, tu le sais bien. Mais ne m'accueille pas comme une star, ce sont ces loulous les vedettes !
- Toujours aussi humble, rétorqua Sidonie qui embrassait également la dirigeante du refuge.
- Oui, mais il n'y a pas de mal à recevoir ces compliments amplement mérités. Sans ton remarquable travail, ces « loulous » comme tu dis, ne trouveraient jamais aucune famille adoptive. S'empressa de rajouter la chef.
- Merci, ça me touche sincèrement ce que tu me dis là.
- Bon ! On attaque ! Dans une semaine, c'est Noël, il n'y a pas une seconde à perdre, lançait Sidonie à la cantonade. On commence par les chiens ou les chats ?
- Aucun des deux. Par un lapin noir et blanc qui s'appelle Diabolo. Même s'il n'en n'a pas la robe, c'est un fauve de Bourgogne. Il est trop craquant...

Sourire aux lèvres, Tanguy et Sidonie mirent rapidement en place, un joli décor de Noël, avec des guirlandes lumineuses, des lapins, des écureuils, des renards posés au sein de sapins blancs et un tapis de neige au sol.

C'était vraiment féerique et l'illusion était parfaite, on avait réellement l'impression de déambuler dans une forêt magique.

- Diabolo est superbe sur la neige. Sidonie, peux-tu le prendre dans tes bras maintenant que j'ai des clichés de lui seul ?
- Oh oui ! Il est adorable.

Son pelage était soyeux et tout doux.

- Je crois que je vais craquer pour lui et l'adopter, dit Sidonie qui avait eu un réel coup de cœur pour l'animal.
- Parfait ! Déjà un pensionnaire en moins, se réjouissait la directrice.

C'était le seul NAC à faire adopter contrairement aux chiens et aux chats nettement plus nombreux dans les chenils.

Il y avait soixante-deux chats et vingt-trois chiens. Sidonie adopta encore une petite chatte noire, au regard de chipie. Elle était toute jeune et espiègle. Elle s'appelait Félindra.

- Erwann ne t'en voudra pas d'adopter ces deux là ? S'enquit Tanguy.

- S'il était là, je suis sûre et certaine qu'il craquerait aussi. Ce seront nos bébés d'amour avant d'en avoir nous-mêmes.

- Comme tu t'es mariée à dix-huit ans, je pensais que tu étais très jeune à l'époque, pour avoir déjà des enfants.

- Eh bien, tu vois, nous avons été sages jusqu'à maintenant. Nous avons tous les trois trente ans. Erwann et moi songeons sérieusement à vouloir fonder une famille.

- Ce serait merveilleux en effet.

- Et toi ? N'as-tu pas quelqu'un en vue ?

- Non, je suis un vieil ours solitaire.

- Certainement pas ! D'abord tu n'es pas vieux, ensuite tu es tout le contraire d'un ours mal léché. Tu partages beaucoup avec les autres et les animaux ont bien de la chance de t'avoir, pour les défendre loyalement. Tu ne vis pas en ermite. Tu vas bien finir par trouver ton âme sœur, comme moi je l'ai trouvée en Erwann.

- Peut-être, l'avenir nous le dira. Songeait Tanguy, quelque peu perplexe.

Ils continuèrent, sans relâche, tout au long de la journée, à photographier les animaux. Mais pas seulement. Ils les câlinaient, les embrassaient, les réconfortaient. À l'issue de cette séance de reportages-photos, ils prièrent afin que chaque animal retrouve un foyer aimant.

La directrice remercia de tout son cœur Sidonie et Tanguy pour leur grande implication dans la cause animalière.
- Je vous invite à revenir dans cinq jours, quand nous ferons les portes ouvertes, pour les adoptions de Noël.
- Nous viendrons. Je serais accompagnée par Erwann, mon mari. Nous fermerons la boulangerie ce jour-là. Il sera ravi, tout comme moi, de voir tous ces animaux repartir pour une nouvelle vie. Mais je prends d'ores et déjà Félindra et Diabolo.
Il y eut beaucoup de visiteurs, sur le site internet de la fondation mais les agents avaient bien mis l'accent sur le fait que les animaux adoptés ne sont pas des joujoux de Noël. Cela impliquait de s'en occuper toute la vie de l'animal. Il ne fallait surtout pas qu'il supporte le fardeau d'un nouvel abandon.

À deux jours de Noël, le refuge ouvrait donc ses portes sur l'ensemble de ses petits protégés.
La magie de Noël semblait agir, il y avait des familles ne venant pas seulement de la Bretagne, mais d'autres départements et Régions limitrophes.
Erwann était tout aussi fasciné par les animaux et tout ce grouillement d'intérêt alentour.
- Mes parents sont à la boulangerie et gardent Félindra et Diabolo, dit Erwann à l'intention de la dirigeante du refuge animalier.
- À la bonne heure ! Et comment se passe la cohabitation avec vos nouveaux bébés ?

- C'est formidable ! Félindra a immédiatement investi notre chambre et essentiellement le lit. Elle est adorable. Elle se love dans mon cou et ronronne. Elle me tient chaud et soulage mes cervicales douloureuses, dit Sidonie enthousiaste.
- Malgré ses airs de chipie, Félindra est très câline. Espérons que nos autres animaux trouvent enfin un foyer comme le vôtre ! Cela semble bien parti, en tout cas. Grâce à ton œil avisé, Tanguy ! Se réjouissait la boss.
- Merci. Ils méritent tous de trouver un foyer aimant.
Au moment où Tanguy Kerouen s'adressait à l'ensemble de ses amis, un verre de cidre à la main, comme tous les convives à cette opération événementielle, il vit apparaître une jeune femme, apparemment trentenaire comme lui, très belle. À la démarche féline et envoûtante. Elle portait une jupe en velours bleu, très seyante, avec un haut en paillettes dorées.
Elle était solaire, songeait Tanguy, qui captait toute la lumière de son œil aguerri de photographe.
Sidonie remarqua l'attitude intéressée de son ami et fut également ébloui par l'élégance de la jeune femme, aux cheveux blonds tombant en cascade sur ses épaules.
- Excusez-moi, je vais faire un tour au milieu de la foule.
Les trois comparses suivirent d'un regard amusé, la déambulation de Tanguy.
Ils virent qu'il s'avançait vers cette blonde aux allures romantiques.
- Puis-je vous aider, mademoiselle ? Se lança Tanguy bravant sa timidité légendaire.
- Peut-être. Vous travaillez au refuge ?

- Non, pas vraiment. Pas en tant qu'employé, tout du moins.
- Ah bon ? Et à quel titre, alors ?
- Je suis photographe : Tanguy Kerouen. Et spécialisé dans les portraits animaliers. C'est moi qui ai réalisé le reportage de Noël pour la S.P.A.
- Oh, je suis ravie de faire votre connaissance, vos photos sont magnifiques ! S'électrisait la jeune femme. Je m'appelle Gaëlle... Gaëlle Leguirec, enchantée !

Gaëlle tendit sa main droite en direction de Tanguy qui ne la serra pas, mais fit un délicat baisemain, très fleur bleue.
- Tout le plaisir est pour moi, Gaëlle. Désirez-vous un verre de cidre ?
- Volontiers.

Tanguy, en homme galant, servit la belle et ils allèrent à la rencontre des animaux.
- Je suis là, pour voir Pacha, un joli siamois aux yeux bleus...
- Comme les vôtres. J'avoue que Pacha m'avait tapé dans l'œil, au moment des séances photographiques. Il est très intelligent, c'est le seul qui ait réussi à ôter une balle dans un jeu, alors que, même pour nous les êtres humains, il est ardu d'extirper la balle de son support.

Selon moi, c'est l'Einstein des chats !

Ils se mirent à éclater de rire.

Pacha se trouvait légèrement à part des autres chats et dès que Gaëlle le vit, elle s'empressa de le prendre dans ses bras :
- Le siamois est soi-disant sournois, mais toi quel beau gosse tu es ! Je t'aime déjà.

La directrice s'était approchée de Gaëlle :
- Je vois que Pacha a déjà une admiratrice.
- Oui, comment se fait-il qu'un chat de cette classe se retrouve ici ? Sans paraître désagréable.
- Non, vous n'êtes pas désobligeante, mais vous avez raison, l'on peut s'interroger sur la présence de chats de races chez nous. Les raisons sont multiples : décès d'un maître, abandon, maltraitance...
Pour Pacha, on sait qu'il a été abandonné devant nos portes, il y a deux semaines. D'ailleurs, je dois vous avertir qu'il doit avoir des soins plutôt longs.
- Ah bon ? Qu'a-t-il ?
- Il était quelques heures dans le froid, il a sans doute été « jeté » là durant la nuit. Cindy, l'une de nos bénévoles, l'a trouvé errant, à sept heures du matin. C'est pourquoi, le vétérinaire qui l'a ausculté, lui a détecté une pneumonie.
- Oh, que c'est triste ! Mais je désire quand même l'adopter. Est-ce possible ?
- Bien sûr. Vous habitez dans la Région ?
- Oui, j'ai une maison à Crozon...
- Crozon ? C'est mon rêve d'habiter un jour là-bas, s'exclamait Tanguy qui avait bu toutes les paroles de la belle Gaëlle jusque-là. Euh, pardonnez mon enthousiasme. Continuez, je vous en prie.
- Il n'y a pas de mal ! Je disais donc que je vis à Crozon, seule pour l'instant (à ces mots, elle lançait un regard enamouré en direction de Tanguy). Je suis céramiste et tout comme Monsieur Kerouen...

- Appelez-moi Tanguy !
- Tout comme Tanguy, je me suis spécialisée dans les représentations d'animaux sur les mosaïques que je façonne.
- Merveilleux ! Dirent de concert la dirigeante et Tanguy.
- Je vais vous laisser maintenant, j'ai d'autres gens à voir, pour consolider les adoptions.

L'opération de fin d'année, fut une véritable réussite. Pratiquement tous les animaux furent adoptés. Mais le flot incessant d'animaux recueillis n'avait jamais cessé, lui.
Tanguy et Gaëlle s'étaient rapprochés indubitablement.
Au point que Tanguy réalisa l'un de ses rêves : vivre à Crozon. Il emménagea chez Gaëlle le jour du Nouvel An. Ils purent travailler de concert dans l'univers animalier qui leur était si cher. Tanguy prenait sans cesse des photos de sa belle et de Pacha, l'envoûtant siamois.
Gaëlle partageait également la passion de Tanguy, à savoir le visionnage des épisodes de la série « Columbo ».

- Merci chérie pour m'avoir permis de réaliser un bon nombre de mes désirs et rêves, je t'aime !- Je t'aime ! Merci Columbo !

FIN

Nous deux

Une nouvelle Romantique

Elonade Ozbrach

Résumé : C'est le compagnon singulier de Sabine qui raconte ses aventures. Il parle de papy Michel, mamy Yoyo, Benjy le westie, Mimisse... mais surtout du vétérinaire charmant qui se prénomme Matthieu. Sur des airs de Daniel Balavoine.

l y a un virus qui circule, au niveau mondial, depuis 2020 et maman et moi on entend beaucoup de gens qui regrettent « leur vie d'avant ». Pour ma part, je n'ai nul regret, car avant que maman Sabine m'adopte, j'ai vécu l'enfer.

Une mégère me rouait de coups, je me suis enfui, apeuré, traumatisé, dans ma chair.

Grâce à Sabine, je suis passée d'une vie cauchemardesque à une vie haute en couleurs ; oui, « la vie est belle » comme l'a si bien démontré Franck Capra, dans son film.

Maman, donc, se considère comme ma maman de cœur et elle l'est effectivement. Elle m'a réellement sauvé d'un destin malheureux.

En des temps moyenâgeux, j'aurai fini sur le bûcher avec ma maîtresse... ou plutôt ma maman. Ma maîtresse, non, je n'aime pas ce terme-là et elle non plus. Nous aimons tous les deux être libres. Naguère, maman aurait été considérée comme une sorcière. Pour cela, on l'aurait brûlée vive.

« J'me présente, je m'appelle Henri... J'suis chanteur... ». Euh... En fait, non, je m'appelle Réglisse et je suis un... chat noir ! N'en déplaise à Daniel Balavoine.

Pas entièrement noir, car j'ai une petite tache blanche sur mon poitrail. En être humain, je serais sans doute pasteur. D'ailleurs, cette petite tache blanchâtre, s'appelle le « doigt de Dieu ».

Bien que le Moyen-Age est loin de notre civilisation contemporaine, il persiste sur cette Terre, des hommes vilains et hargneux, qui veulent du mal aux chats noirs. Mais pas que... Heureusement, qu'il y a aussi, dans ce bas-monde, des personnes qui aiment les animaux. Et qu'elles se dévouent corps et âmes à la cause animale.

J'ai trouvé refuge chez Chantal et Jean-Marie, qui ont de nombreux chats. Tous sont délaissés ou torturés par leurs anciens propriétaires. Là, c'est le bon terme, car ces gens-là considèrent l'animal comme un objet, une chose dont l'on peut disposer à sa convenance.

Sabine est à l'opposé de ce principe ; elle est férue de Liberté. Elle me considère avec respect.

Les chats de Chantal ne m'ont pas tous acceptés non plus. Et je préférai rester en dehors de la maison, car ma confiance en l'être humain a été rudement écornée.

Maman Sabine cherchait à adopter un chat noir justement. À 30 ans, elle est encore célibataire et vit seule. Elle aime les animaux depuis toujours.

Ma crainte est toujours présente, au moment où j'arrive chez Sabine. Son appartement est immense ! Je me cache immédiatement, au rez-de-chaussée, sur un canapé, bien confortable ma foi. Je suis enfin à l'abri de la pluie et des intempéries !

J'apprécie cette liberté de choix, elle ne me force pas à monter à l'étage pour découvrir ce qui est mon nouveau territoire désormais.

Elle respecte la distance nécessaire, le temps qu'il faut pour moi de décider si je fais confiance à nouveau, ou pas. Sabine est très patiente. Au moment du coucher, elle descend me mettre de l'eau fraîche, un bol de croquettes bien rempli et une litière propre et fraîche. Ainsi qu'un petit jouet dans mes pattes, un genre de doudou pour dormir. Elle est déjà soucieuse de mon bien-être.
Je l'entends soupirer, une fois alitée. Sans doute aimerait-elle que je vienne sur le lit. Mais je ne suis pas encore prêt. Au bout de quelques jours, l'envie est irrésistible de monter à l'étage pour voir ce qu'il s'y passe.

Comme je suis un chat noir, maman décide de m'appeler « Réglisse » car l'on ne sait rien de ma vie passée. Maman m'emmène chez le vétérinaire, pour y effectuer des vaccins, me tatouer et me stériliser.
C'est après l'opération que je suis venu m'allonger sur le grand lit de maman. Elle a le sourire aux lèvres et ne cesse de me caresser et de me faire plein de bisous. Hummm... comme c'est agréable de se faire dorloter !
La chambre de maman donne sur une terrasse. Mais pour sortir, elle m'habille d'un harnais que lui a donné Chantal. Cette dernière fut rassurée que j'élise domicile chez Sabine. Car, dans son village, il y a un fou furieux, qui tue les chats, soit en les empoisonnant, soit en tirant à la carabine ! Il est un danger également pour tous les gens, y compris les enfants qui circulent. L'on risque, à tout moment, de se prendre une balle dans la tête !
Ici, ce sont des caresses et des tendres baisers, sur ma tête !

Sabine aime faire du puzzle, certaines personnes n'ont pas la patience nécessaire pour s'adonner à ce loisir, mais maman ça la détend réellement. Elle est méthodique. Elle trie les pièces par genre : les droits, les deux cœurs, les simples...
Une fois achevé son travail de rangement, j'aime plonger dans le carton, anéantissant, par conséquent tous les efforts fournis auparavant par maman. Et je me roule, me vautre, dans les pièces, avec l'une d'elle sur mon bidon rond. Maman s'approche du carton et de moi et au lieu de me taper et de rentrer dans une colère noire, elle rit aux éclats :
- Bravo Réglisse ! Tu as trouvé la pièce manquante !
Incroyable ! Elle me félicite !

Je lui fais souvent, « la danse de l'Amour ». C'est-à-dire, que je viens me frotter à ses jambes, balançant mon corps de l'une à l'autre, tout frétillant et ronronnant. Et je tapote son pied gauche avec mes pattes avant. Au bout d'un instant, maman me soulève de terre et me prend dans ses bras, couvrant mes grosses joues de poils noirs comme l'ébène, de délicats baisers. Et on danse sur « Love me tender » de Elvis Presley, autre chanteur qu'elle apprécie grandement. Quand c'est le « Hound Dog », je la regarde danser le rock, du haut de mon immense arbre à chat qui trône dans le salon.
Ah ! Cet arbre à chat, je l'adore, car c'est tout un symbole, pour moi. C'est mon papy Michel qui a passé deux jours à le monter. Oui, il est vrai que papy n'est pas bricoleur, mais de nos jours, il faut sortir de la Nasa pour parvenir à ouvrir une boîte de conserve !

J'aime bien aller chez papy Michel et mamie Yoyo. Et maman aussi. Car, chez ses parents, elle aime garder, de temps à autre, le chien de la famille, un Westie de dix-sept ans : Benjy. Pour ma maman, Benjy c'est son « chéri chéri ». Papy va se promener avec lui, parfois trois fois par jour, tant ils aiment cela tous les deux.
Maman s'émerveille quand Benjy revient de chez le toiletteur.
Malgré son grand âge de chien, il revient à la maison, tout blanc et fringant avec des pattes bien taillées, tout en rond. Benjy ressemble à un ours en peluche, un ours polaire.

Mamy Yoyo aime aussi les animaux, elle a recueilli, une chatte de gouttière, née et vivant dans la rue. La chatte grise tigrée est toute menue, à l'échelle humaine, elle est anorexique. Elle s'appelle Mimisse. À côté de moi, le contraste est saisissant, moi je suis un gros matou, bien rond. Nous sommes Laurel et Hardy !
Ce soir-là, nous restons dormir chez mamie Yoyo et papy Michel. Ils savent que le harnais est de mise pour sortir. Non pas que maman n'a pas confiance en moi, mais elle doute des autres hommes. Tout comme moi, elle se méfie de ses semblables. Elle craint que quelqu'un m'empoisonne ou pire, me tue sans vergogne.
Sabine va se coucher et moi je traîne encore un peu dans le salon avec mes comparses Benjy et Mimisse. Benjy est un vrai glouton ! Bien qu'il soit de petite taille, il engloutit de la nourriture, comme cinquante éléphants, au moins ! Il est drôle lui !

Ce soir-là, Benjy pousse la porte, légèrement entrouverte, de la chambre de maman. Il se précipite sur le bol de croquettes que Sabine a préparé pour moi.
- Benjy ! Arrête ! Quel gourmand !
Benjy file vers le salon aussitôt toutes les croquettes englouties. Sabine ne se relève pas, elle est épuisée et sombre de suite dans un profond sommeil, telle une marmotte.
Mimisse n'a pas de litière, préférant faire ses besoins à l'extérieur de la maison. Aussi, mamy ouvre la porte-fenêtre et elle n'a pas vu, dans l'obscurité, que je m'engouffre, vers la fenêtre. Filant à l'extérieur pour rejoindre Mimisse.
Et là, « on ne s'est pas acheté un scooter, pour faire le cirque dans l'quartier ! » comme Laurent Voulzy ! Non ! Nous, on a fait chauffer les coussinets, pardi, pour explorer le quartier !
Mimisse est une excellente guide. Elle me montre comment chasser redoutablement. Dans l'immense rhododendron de mamy ! On a dégusté de la succulente herbe, on a rencontré quelques copains.également, lors de notre pérégrination nocturne. Mimisse traverse la route pour aller dans le lotissement qui se situe en face de la maison de papy-mamie, sans courir le moindre danger. Elle m'indique toutes les maisons où il y a des chats ou des chiens. Là, se trouve la copine de Benjy, une petite chienne bichon qui répond au nom de Molly.
Et encore ici, le râleur de service, un jeune dogue allemand qui ne supporte pas la présence d'étrangers comme moi. Il se met aussitôt à aboyer et il réveille tout le quartier : « quand on arrive en ville, on fait peur à voir ! ». On sort nos griffes de rasoir !
Mais quelle épopée ! À nous la liberté !

À six heures du matin, maman m'appelle dans le jardin, éplorée. Dès qu'elle nous voit revenir tous les deux elle m'étreint fortement dans ses bras : « Réglisse mon bébé d'amour, te voilà enfin ! ».

Je cale ma tête dans son cou et je ronronne. Car là encore sa main ne me cogne pas, mais me caresse longuement.

Désormais, toutes les nuits, je les passe sur le lit de maman. Et au petit matin, je me couche sur la tête de Sabine, qui rigole sous le poids de ma grosse tête poilue. Alors, je me décale légèrement, pour être dans ses bras, tel un homme qui dort à ses côtés.

Plus je ronronne, plus elle me gratifie de caresses, en me disant des mots tendres et d'amour « mon bébé, mon chatounet, mon tout petit, mon chouchou... ».

Nous deux, c'est la tendresse, nous deux, c'est l'amour inconditionnel partagé, nous deux, c'est Réglisse la Malice, nous deux...

Tiens tiens tiens ! Voilà une idée qu'elle est géniale ! On devrait inventer un magazine qui s'appellerait « Nous Deux » et où ma maman pourrait y écrire des nouvelles, tout comme d'autres écrivains. Ce serait fantastique !

Car ma maman est douée pour l'écriture, je le vois bien. D'ailleurs, elle a pour ambition d'écrire, tel Balzac, son auteur favori, qui nous a laissé « la comédie humaine », « la comédie inhumaine ». Bien sûr, ses histoires ont pour héros Diabolo le lapin ou Goliath le labrador, mais pas seulement. Sabine parle aussi de tous ces êtres humains qui n'ont plus rien d'humain justement, d'où la comédie inhumaine.

Je ne suis peut-être pas objectif, mais je trouve qu'il y a une excellente sente littéraire chez maman.

D'ailleurs, j'ai vu cet acrostiche concernant... MATTHIEU :

Mystérieux
Attirant
Ténébreux
Tendre
Honnête
Irrésistible
Envoûtant
Unique

Oh ! « Dieu que c'est beau ! » dirait encore Daniel Balavoine que maman et moi, apprécions tant. De qui parle-t-elle ? Ah ! Je crois deviner... Serait-ce Matthieu, le vétérinaire ?
L'autre jour, quand maman a effectué, une visite de contrôle, j'ai bien aperçu les regards langoureux qu'ils se lançaient. Matthieu se voulait rassurant à mon sujet. Maman a toujours le souci de mon bonheur et de mon confort.
Le vétérinaire l'a rassurée. Sabine est une très bonne maman. La meilleure, à vrai dire, pour moi.
Je vais peut-être donner un petit coup de pouce au destin, pour ces deux-là. Je peux faire confiance à maman, elle ne m'aimera pas moins, même si un homme entre dans sa vie. De plus, Matthieu est vétérinaire.
Par conséquent, il aime et il aide aussi les animaux, dans tous les aspects de leurs vies, bons moments ou désagréables instants.
Je participe à toutes les activités de maman, tous ses passe-temps et loisirs sont miens également.

Sur la modeste terrasse recouverte de dalles en aluminium, maman a le dessein d'en faire un jardin d'Eden !
Avec mon concours. Je fais mes besoins dans tous les sacs de plantation et pots de fleurs aménagés sur la terrasse et autres carrés potagers.
Résultat : Sabine est fière de récolter des carottes et autres légumes, avec une foison de pommes de terre ! Je me prélasse dans le gazon qui m'est exclusivement attribué, les fleurs poussant dans des pots à part.
J'ai tout de même mangé toutes les feuilles du frêle olivier que maman a acheté. Il ne reste que trois pauvres tiges nues.
- Régliiiiisse ! Tu fais quoi ?
Euh... Rien du tout.
- Tu as ton herbe à chat pourtant ! Allez, file !
Maman se dirige vers moi, d'un pas décidé, avec ses cris aigus, mais « je reste planté là, je ne sais pas », en pensant encore à Daniel Balavoine et soudain... je décolle de terre et je me retrouve dans les bras de maman.
- Mon bébé d'amour, dit-elle en chuchotant, à mes oreilles, viens on rentre. Je t'aime !
Je cogne mon museau sur ses lèvres et je ronronne doucement.
- Bon chat ! Et beau chat !

Sabine aime aussi tricoter, alors ça, c'est une activité intéressante pour les chats. D'ailleurs, le tricot finit plus, comme un fil assorti d'un bouchon à son extrémité, pour jouer et courir dans tout l'appartement, de l'étage au rez-de-chaussée.

Nous voilà encore nous deux, complices et facétieux. Nous deux riants et s'amusant allégrement. Nous deux s'aimant tendrement, inconditionnellement...

Et j'arrive à petits pas feutrés, dans le salon. Où vais-je m'installer ? Sur l'arbre à chat ou sur le fauteuil Voltaire ?

J'opte pour Voltaire et viens me lover sur les genoux de maman qui va lire, à voix haute, les « contes du chat perché » de Marcel Aymé. Trop bien les aventures de Delphine et Marinette !

Puis l'on va se coucher. Je m'approche du visage de Sabine tout en tricotant avec mes pattes, sur son ventre. Je cale ma tête sous son menton et maman m'embrasse et me caresse. L'on entend que mes chaleureux « ron-ron » dans la chambre.

Le lendemain matin, maman est triste après l'appel de mamy Yoyo. Cette dernière, a appris à Sabine, que son institutrice de CM1-CM2 venait de décéder à 77 ans. Sabine est très triste : Gisèle Villard l'a toujours encouragée, quand elle était son élève, dans l'écriture. À l'époque, Sabine rédigeait des poèmes, déjà.

Pour rendre hommage à son institutrice, elle rédige aussitôt un très joli poème :

Madame Villard, vos cours étaient tout un art !
Chaque leçon était un véritable trésor
De la dictée à l'étude de l'histoire des dinosaures
Rien n'était laissé au hasard.
Tout était passionnant
Même pour les élèves pas très assidus
Vos cours demeuraient vivants
Chacun apprenant les pans de notre Histoire vécue

Vous avez su faire croître en moi
L'envie d'écriture et de belle littérature
Avançant pas à pas, ma foi
Vers un futur, sans aucune rature
Car je fuyais les problèmes du robinet qui coulait
Ma solution aurait été
De fermer la vanne d'arrivée
D'eau au lieu du calcul des mètres cubes évaporés !
Merci d'avoir su nous aider
À devenir des citoyens libres et éclairés
C'est sûr, on ne vous oubliera jamais.
Vous incarniez la patience et la douceur
Votre caractère s'harmonisant avec votre enseignant de mari
Qui, lui dispensait des cours, dans la rigueur
Mais qui m'ont ouvert la porte des mots encenseurs
Vous êtes tous deux, à jamais dans mon cœur.
Tout comme Valentin au CE1
Qui aiguisait notre côté créatif
De la pyrogravure aux dessins
Aux esprits réellement inventifs
Nous devenions artistes ou habiles de nos mains
Pour tous ces bons moments passés
Ces souvenirs d'enfants émerveillés
Je tenais à vous remercier
Vous emplissez mon cœur de gaieté à jamais.

MERCI

Comme c'est touchant ! Même dans la description de faits tristes, maman y ajoute une pointe d'humour... toujours.

C'est sans doute par peur de me perdre ou la crainte que je sois malade, que maman décide de m'emmener chez Matthieu.

Matthieu est tout sourire, quand il voit Sabine franchir la porte du cabinet vétérinaire.

- Je crois que je m'appelle Rambo ! Et que la cage de transport de Réglisse va craquer...

Matthieu s'empresse de prendre la cage dans laquelle je me trouve et entre dans son cabinet.

- Alors, qu'est ce qui vous amène ?

- Oh, je voulais juste faire un bilan de santé pour Réglisse. Je m'inquiète un peu, car, depuis ce matin, il tousse...

À ce moment-là, dès que je suis hors de la cage et assis sur la table d'auscultation, je tousse réellement. Je dois dire que j'ai trouvé cette idée, afin de réunir enfin ces deux-là !

- Vous entendez docteur ? C'est grave ?

Matthieu m'ausculte. Je ne tiens pas en place.

- Je vais regarder, mais pouvez-vous le tenir, s'il vous plaît ?

Quand maman m'immobilise, leurs mains se frôlent, leurs regards se croisent, ils sourient béatement. Ça marche ! Je suis un génie !

- Il n'y a rien de pathologique, à mon sens. C'est peut-être un petit farceur.

Et là Sabine prend son courage à deux mains, elle d'ordinaire timide.

- Oui, je vois. Est-ce que vous êtes libre, ce samedi, pour venir dîner à la maison ?

- Avec plaisir, je pourrai voir Réglisse dans son environnement habituel.
- Parfait ! Alors, disons à 19 heures, chez moi ?

Un long moment s'écoule avant qu'ils détachent leurs regards l'un de l'autre. L'émotion se trouvant de chaque côté. Moi-même, la tendresse m'envahit. À la maison, je fais à maman, une longue danse de l'amour. Elle flatte mon cou, mon dos, ma tête, de ses chatouilles.

Sabine réfléchit au repas qu'elle va cuisiner pour Matthieu et à sa tenue vestimentaire.

Nous sommes raccords ce soir-là, puisque maman a opté pour une jolie robe noire, en dentelle.

- Bonsoir ! Ah ! Voici le canapé que j'aimerais bien monter à l'étage. C'est là que Réglisse a élu domicile, à sa venue dans ma vie.
- Je peux vous aider à le monter et ensuite nous pourrons dîner.
- D'accord !

Le dîner est un réel succès et ensuite, les tourtereaux viennent s'asseoir sur le canapé et je me couche au milieu, entre eux deux. Sabine et moi, avons choisi, entre « Vivre ou survivre » de vivre, cher Daniel. « Sur un air gai, chic et entraînant ». Et nous savons également, qu'à partir de ce soir-là, le « nous deux » va très bientôt se transformer en « nous trois ».

FIN

Madame Villard, vos cours étaient tout un art !
Chaque leçon était un véritable trésor
De la dictée à l'étude de l'histoire des dinosaures
Rien n'était laissé au hasard.
Tout était passionnant
Même pour les élèves pas très assidus
Vos cours demeuraient vivants
Chacun apprenant les pans de notre Histoire vécue
Vous avez su faire croître en moi
L'envie d'écriture et de belle littérature
Avançant pas à pas, ma foi
Vers un futur, sans aucune rature
Car je fuyais les problèmes du robinet qui coulait
Ma solution aurait été
De fermer la vanne d'arrivée
D'eau au lieu du calcul des mètres cubes évaporés !
Merci d'avoir su nous aider
À devenir des citoyens libres et éclairés
C'est sûr, on ne vous oubliera jamais.
Vous incarniez la patience et la douceur
Votre caractère s'harmonisant avec votre enseignant de mari
Qui, lui dispensait des cours, dans la rigueur
Mais qui m'ont ouvert la porte des mots encenseurs
Vous êtes tous deux, à jamais dans mon cœur.
Tout comme Valentin au CE1
Qui aiguisait notre côté créatif
De la pyrogravure aux dessins
Aux esprits réellement inventifs
Nous devenions artistes ou habiles de nos mains
Pour tous ces bons moments passés
Ces souvenirs d'enfants émerveillés
Je tenais à vous remercier
Vous emplissez mon cœur de gaieté à jamais.

MERCI

Sabine Méry

Gisèle 06.03.2024

Madame Villard pour ses jeunes élèves
Gisèle pour son tendre mari
Les cours des écoliers furent des rêves
Des leçons enseignés avec une patience infinie
Trois ans après votre départ pour l'au-delà
Vous nous manquez toujours autant
Votre douceur nous a accompagnés pas à pas
Vers nos vies d'adultes tout en sachant
Conserver tout de même une âme d'enfant
René doit composer sa vie seul dorénavant
Mais son amour pour vous continue d'étinceler
À l'image de vos noces de diamant
Toujours, encore, à jamais, pour l'éternité.

Elonade OZBRACH

Gisèle 06.03.2021
Gisèle 06.03.2024

Pêche miraculeuse dans le Montana

Une nouvelle Évasion

Elonade Ozbrach

Résumé : Billy, trentenaire, décide de revenir dans le Montana, de son enfance. Il pêchait avec son père au lac de Bowman. Sa mère décède d'un cancer quand il a 18 ans. Aujourd'hui, Billy est prêt à renouer avec son passé et ses doux souvenirs d'enfance.

**illy était ému en refaisant ce trajet pour la première fois.**

Il appréciait particulièrement cette route qui menait à un véritable havre de paix qu'il n'avait pas fréquenté depuis la fin de son adolescence.

À l'époque, c'était son père qui conduisait.

Ils aimaient venir ici en famille, au bord du lac Bowman.

À dix-huit ans, quand il a perdu sa mère, suite à un cancer du sein, il a continué à venir avec son père. Mais ce n'était plus la même magie. Puis quand son père est mort à son tour, il a cessé de venir.

Le Montana offrait toujours des paysages splendides, avec des sapins qui formaient les gratte-ciel de cette région. À l'inverse de ceux des villes, ils ne polluaient pas. Au contraire, les arbres épousaient les cours d'eau qui dessinaient des silhouettes ondulantes, comme ces femmes qui ondulent leurs hanches quand elles font l'amour.

Les sapins verts chantaient et invitaient les promeneurs à venir admirer les cours d'eau foisonnant de poissons.

Avant d'atteindre le chalet, le père de Billy faisait toujours une halte à la quincaillerie-épicerie de Elmer Daffy.

La boutique était située à Polebridge, qui ne comptait même pas vingt habitants à l'année. Elmer était devenu, au fil des ans, un ami de la famille. Avec le père de Billy, ils fabriquaient les mouches et ils allaient ensuite pêcher au lac de Bowman.

Ce lac n'était pas très connu des touristes, ainsi il conservait un charme brut, authentique.

Les immenses conifères qui nimbaient le lac, conféraient des allures secrètes. Le soleil aspergeait de ses rayons, une lumière divine jusqu'au plus profond des abîmes de l'eau translucide du lac. Rejoignant ensuite le ciel diaphane.

On pouvait aussi y observer la faune, qui se sentait en sécurité sous la canopée.

La mère de Billy, Clara, aimait accompagner les hommes et son fils, à la pêche. Elle déposait un plaid à carreaux sur l'herbe, tout en lisant des romans à l'eau de rose, elle aimait tant ça ! Cela la faisait rêver et s'évader. Même si elle n'avait rien à envier aux héroïnes romantiques, car avec son mari, elle vivait au quotidien une grande histoire d'amour. Histoire bien réelle ! Clara a été mariée à Henry durant vingt-sept ans et cela aurait duré davantage sans ce fichu cancer.

Billy se souvenait du regard empli d'amour qu'adressait sa maman à son père, lors de ces fameuses parties de pêche de son enfance.

La pêche a toujours été miraculeuse.

Mais tous les poissons restaient en vie, relâchés dans l'eau claire. C'était juste pour le plaisir de voir leurs peaux nacrées, pour certains. Billy, Elmer et Henry aimaient trop la nature, pour lui faire du mal.

Le plaisir aussi de préparer tout le matériel, en amont, était source de joie et d'excitation ! L'attente, la patience, une fois la ligne lancée.

Les adultes admiraient la grâce dont faisait preuve Billy. Malgré son jeune âge, les adultes étaient bluffés par sa technique de pêche, si mature. Il faisait tournoyer sa canne à pêche dans les airs, plusieurs fois, comme s'il voulait attraper les sapins ou le soleil ! Et puis l'on entendait le « ploc » de l'hameçon qui s'enfonçait dans l'eau cristalline.
Par la suite, à nouveau le silence, l'attente…
Soudain, la voix mélodieuse de Clara fendait l'air ambiant et elle narrait ses histoires à l'eau de rose. Tous souriaient en l'écoutant.
Clara prétendait que ces histoires d'amour allaient appâter les poissons. Personne n'osait la contredire.
Mais, souvent, c'est quand elle lisait son roman, dans sa tête, en silence que le poisson mordait à l'hameçon.
Lorsque la mouche était prise, c'étaient des cris de joie et d'exultation qui s'élevaient :
– Oh, comme il est magnifique ! Clara vient voir ce que Billy a attrapé !
Clara arrivait alors, en applaudissant, faisait même un petit baiser chaste sur l'animal et ensuite, une fois remis à l'eau, il disparaissait très vite, loin de ces trublions du dimanche.

Rien n'avait changé ici, se dit Billy. L'épicerie était telle qu'il y a 150 ans, quand les aïeux d'Elmer avaient ouvert ce commerce. Qui continuait à rendre bien des services à ces habitants reculés de la grande ville. Son magasin servait même de lien entre la sage-femme et le médecin, pour venir aider les femmes à accoucher. Elmer était le seul à posséder le téléphone. Beaucoup de familles étaient redevables et reconnaissantes à tous les services rendus par Elmer. Ainsi qu'à ses ancêtres avant lui.

Billy voulait surprendre Elmer, aussi pénétra-t-il dans le drugstore à reculons en fanfaronnant gaiement :
– Bonjour, Elmer, lança-t-il dans un éclat de rire.
Puis se retournant face au comptoir, il se sentit abruti tout à coup. En lieu et place d'Elmer Duffy se trouvait une jeune femme, trentenaire comme Billy, aux cheveux châtains mi-longs et aux yeux bleus, qui souriait au jeune homme.
– Visiblement vous n'êtes pas Elmer Duffy.
– Eh, non ! dit-elle.
– Je suis confus… Je me sens ridicule… dit-il dans un sourire.
La jeune femme souriait en observant d'un œil intéressé le charmant jeune homme.
Il y avait peu de jeunes gens par ici, la population qui résidait là s'avérait plutôt vieillissante. À l'image d'Elmer.
– Pourquoi vous le cherchez, Elmer ? Vous le connaissez bien ? interrogea la jeune femme avec un sourire.
– Oui… enfin, mes parents… on le fréquentait quand on venait au chalet pour les vacances. Nous allions à la pêche ensemble.
– Quel chalet ?
– Un peu plus haut, sur le lac, dit-il un peu vague, comme s'il ne voulait pas donner son identité.
– Oui, je vois… assurera-telle.
Il se demanda si elle mentait.
– Elmer est absent. Je le remplace pour un temps.
– Grave ? demanda Billy.
– Non, la cheville qui a cédé. Une histoire de quelques semaines…
– Hum, je vois. Vous connaissez bien Elmer ? demanda-t-il à son tour.

– Bien sûr ! Je suis sa fille.
– Sa fille ?
– Bonny. Enchantée ! dit-elle avec un sourire.
– Mais je ne savais pas que…
– Qu'il avait une fille ? Eh si ! moi !
– Billy ! dit-il enfin. Ravi de vous rencontrer Miss Bonny. Vous êtes sa fille ? répéta-t-il. Mais comment se fait-il que je ne vous ai jamais vu au magasin, à l'époque ?
– Mon père ne voulait pas que je traîne dans la boutique. Je restais à la maison avec ma mère.
Puis comme si elle voulait se faire bien voir, elle ajouta :
– Je suis allée pour mes études à Helena. Mais je n'étais pas une élève très assidue, j'ai décidé, il y a peu, de revenir, dans la Région. Comme mon père vieillit….
– Je comprends, dit Billy. Et qu'avez-vous étudié à Helena ?
– La littérature. Mais j'ai vite arrêté pour tout vous dire et j'ai ouvert une école de danse.
– A Helena ? s'étonna Billy. Vous enseigniez les danses de salon ?
– Non, du modern jazz, dit-elle en souriant. Et vous ?
– Hélas, non, je n'enseigne pas le modern-jazz, dit-il en riant.
– Je me doute !
– Je suis architecte d'intérieur à Salt Lake City dans l'Utah, dit-il en reprenant son sérieux.
– Ça doit être passionnant ! dit Bonny, enjouée.
– Oui, le métier est plaisant. Mais je crois que j'aimerais venir vivre ici, dans le Montana. Ça me manque, vous comprenez ?
– Je crois, oui, dit-elle en le fixant.
Billy détourna les yeux et tomba sur le matériel de pêche.

– Ça vous dirait de venir pêcher avec moi, ce dimanche ? lança Billy à brûle-pourpoint.
– Pourquoi pas ? Il faudrait préparer les hameçons, ajouta Bonny.
– Oui, bien sûr ! Vous pourriez passer chez moi, au Chalet du Lac, samedi soir ?
– Possible, dit-elle comme si elle hésitait. Je vois bien où est ce chalet…
Il sourit.
– Il va de soi que je paye tout le matériel, nécessaire. Ainsi que ces commissions dont j'ai besoin maintenant.
Billy tendit une liste de courses à la jeune femme.
Elle s'empara du papier. Leurs doigts se frôlèrent et ils frémirent tous deux.

Bonny avait mis toutes les provisions sur le comptoir.
– Voilà, tout y est. Sauf le matériel de pêche. J'amènerai tout ce qu'il faudra, samedi, 17 heures, cela vous convient-il ?
– C'est parfait !
Billy prit les sacs de papier Kraft dans chaque bras et sortit, Bonny lui tenait la porte.
– À samedi ! lança-t-il, le cœur léger.
– Bonne route !
Quelques minutes plus tard, Billy avait regagné le chemin qui serpentait vers le chalet de son enfance. Rien n'avait changé. Il gara sa voiture, ému.
La clé tourna sans mal dans la serrure.
À part une odeur de renfermé, tout était intact. A l'image de ses souvenirs d'enfance.

Il y avait de la poussière sur l'étagère en bois, mais les livres Harlequin de sa mère se tenaient bien droits, les uns à côté des autres. Billy en prit un au hasard et un morceau de papier tomba au sol. Il s'abaissa et le ramassa : il reconnut l'écriture de sa maman : un poème. Billy le lut avec émotion et, au fil de sa lecture, les larmes lui montaient aux yeux : « Pêche miraculeuse dans le Montana », c'était le titre.

« Comme la nature est belle !
Dans mon cœur chante une ritournelle
Mes deux amours sont complices
Dans leurs yeux pleins de malice
Je vois leur bonheur et le mien aussi
En cette journée bénie où nous sommes réunis
Autour d'une pêche miraculeuse
Et d'un livre à l'histoire heureuse
Mon mari, mon fils que j'aime
M'inspirent ce petit poème
Mon cœur explose de joie infinie
Chaque jour de ma vie
Vous êtes mes trésors, mes richesses
Je partirai ainsi dans l'allégresse. »

Billy remit le poème dans le livre et posa l'ouvrage sur la table de chevet.
Il sentait encore le parfum de rose de sa mère. Billy avait toujours ressenti la présence de sa mère autour de lui ; elle l'épaulait encore et toujours de là où elle se trouvait.
Elle le protégeait aussi.

C'est sûrement elle qui lui avait insufflé l'envie de revenir ici, dans ce cher Montana verdoyant. Il ouvrit les volets et laissa les fenêtres ouvertes. Il contempla le lac, en silence. Avant de déballer toutes ses affaires, Billy eut envie de piquer une tête dans les eux fraîches et revigorantes.
Du haut du ponton, l'eau était si pure qu'il pouvait déjà apercevoir ses futures proies. Ses habits tombèrent sur le vieux bois.
– On se reverra dimanche ! dit-il en plongeant, nu.

Le soir, Elmer remarqua tout de suite le sourire sur le visage de sa fille.
– Et alors ? Qu'est-ce qui te met en joie ?
– J'ai eu une étonnante visite cet après-midi, au magasin. Quelqu'un que tu connais bien…
– Ah oui ? Et qui donc ?
– Billy.
– Billy ? Billy qui ?
– Billy, le fils de Clara et Henry, du Chalet du Lac.
Tout à coup, le visage de Elmer s'illumina :
– Mon Dieu ! Il est revenu, le gamin !
– Ce n'est plus un gamin, tu sais ! dit-elle avec un sourire et les yeux brillants.
– Oh, toi… lança Elmer sans finir sa phrase.
Sa fille non plus n'était plus une gamine.
– Billy m'a invité pour une partie de pêche. Tu veux venir ? demanda-t-elle par politesse et pour dissiper le sourire sur le visage de son père.

Évidemment que Elmer aurait eu envie de les rejoindre ! Mais il songea que c'était mieux de laisser les jeunes ensembles…
– Oh bien sûr, mais tu sais, avec ma cheville qui me fait un mal de chien, c'est préférable que je reste à la maison.
– Oui ? Tu as sans doute raison, dit-elle heureuse. Tu auras bien l'occasion de revoir Billy.
– Que fait-il, il t'a dit ? demanda Elmer.
– Oui, il vit à Salt Lake City. Il songe à revenir vivre ici. La nature lui manque.
– On revient toujours ici, dit Elmer avec un regard tendre pour sa fille.

Samedi en début d'après-midi, Elmer poussa la porte du drugstore :
– Laisse-moi ta place, Bonny, et va retrouver Billy. Vous avez rendez-vous, non ?
– Et ta jambe ?
– J'en ai vu d'autres ! Elle ne me fait déjà plus souffrir, d'ici à quelques jours, je pourrais courir comme un lapin ou nager comme un poisson dans l'eau ! Tiens, prends tout le matériel adéquat à la réalisation des mouches.
– Merci papa ! s'écria Bonny en l'embrassant sur la joue.
Bonny rassembla le matériel nécessaire et prit la canne à pêche de son cher papa.
– Salue de ma part ce cher Billy.
– Je n'y manquerai pas.
– Et j'espère qu'il viendra vite me voir !

Billy était plongé dans la lecture d'un roman – celui où se trouvait précisément le poème de sa mère. Quand il entendit le bruit d'un moteur, il regarda sa montre : 14 heures. Ça ne peut pas être déjà Bonny, pensa-t-il. Il retira ses lunettes de soleil, et observa le pick-up qui approchait. Au volant, il reconnut Bonny.
Il s'approcha alors qu'elle mettait pied à terre :
– Quelle délicieuse surprise ! s'enthousiasma Billy.
– Mon père s'est proposé pour me remplacer à la boutique. J'ai tout mon week-end ! On pourrait se baigner, dit-elle.
– Oui, sans doute, dit Billy en regardant l'eau calme du lac.
– Et j'ai amené avec moi, tout ce qu'il faut pour la pêche…
– Et j'espère qu'elle sera Miraculeuse ! Attendez ! Je vous aide, dit-il en s'approchant de l'arrière du véhicule.
Billy vida le coffre. Il avait glissé son livre dans la poche arrière de son pantalon, soudain, le poème dont il se servait comme marque-page tomba.
– Qu'est-ce que c'est ? demanda Bonny en le ramassant.
– C'est un poème.
– Vous êtes poète en plus ?
– En plus de quoi ? demanda avec un sourire tendancieux Billy. Non, c'est ma mère. Vous pouvez le lire.
Bonny le parcourut alors qu'ils marchaient vers le chalet.
– C'est beau, dit-elle simplement alors qu'ils entraient dans la maison.
Parlait-elle du poème ou du chalet, se demanda Billy.
Ils déposèrent les sachets sur la table en pin.
Ils se regardèrent, comme s'ils attendaient qu'on leur donne la suite du programme. Par la fenêtre Bonny observa le lac.

– Alors ? On y va, dit-elle.
– Où ? s'amusa Billy.
– Se baigner ! dit-elle en commençant à se déshabiller.
– Je vous préviens, je n'ai pas de maillot, dit Billy.
– Et alors ?
Bonny s'élança vers le lac. Sur le ponton, elle termina de se déshabiller et plongea dans l'eau fraîche.
Billy arriva, sans se presser. Il retira son tee-shirt et son short et se retrouva en caleçon. Bonny, comme une enfant, se mit à l'éclabousser.
– Arrêtez ! dit-il pour la forme.
Il enleva son caleçon et plongea à son tour.
Dans l'eau, ils jouèrent un curieux balai. Un observateur n'aurait su dire qui cherchait l'un de qui cherchait l'autre. Ils semblaient se livrer à une parade amoureuse. Soudain, Bonny disparut sous l'eau. Plus une vague ne venait troubler la surface.
Billy se retint d'appeler son prénom. Il tournait sur lui-même à la recherche de la jeune femme.
Au moment où l'inquiétude lui piqua le cœur, elle apparut devant lui, quasiment dans ses bras. Un grand éclat de rire lézarda le silence.
– Vous avez eu peur, avouez ?
– Non, mentit Billy.
Mais il ne put en dire davantage : elle plaqua ses lèvres sur les siennes. Les lèvres de Bonny avaient un goût sucré, nota-t-il.
Ils remontèrent sur le ponton en bois. Billy allongea Bonny sur le dos et se plaça à ses côtés, le soleil chauffait leur corps, et l'amour embrassait leur cœur. Ils firent l'amour, avec une infinie douceur.

Quelques heures plus tard, dans la quiétude du chalet, ils fabriquèrent les leurres pour les poissons.
– Je n'ai pas envie que tu partes, dit Billy en la tutoyant pour la première fois.
– Qui te dit que j'ai envie de partir ? répondit Bonny. Je ne suis une grande fille, personne ne m'attend…
Il s'approcha d'elle et l'embrassa. Sa main passa sous sa chemise.
– Dans ce cas, Mademoiselle, je dois vous montrer votre chambre pour la nuit.
– Si vous y tenez, dit-elle, malicieuse.
Quand ils redescendirent de la chambre, ils terminèrent de préparer les hameçons, en parlant de la vie, évoquant les souvenirs qu'ils n'avaient pas en commun, se gardant bien de penser à l'avenir. Seuls comptaient le moment qu'il passait maintenait ensemble et celui qu'il passerait demain au bord du lac.
Ils s'endormirent tard, enivrés de cet amour qui naissait en eux.

À six heures, l'aurore pointait sur le lac majestueux.
A peine le petit-déjeuner englouti, les jeunes amoureux s'installèrent au bord de l'eau.
– Tu es magnifique ! dit Billy sous le charme.
La jeune fille l'embrassa.
Les cannes à pêche tournoyèrent prestement en l'air et tombèrent en silence dans l'eau limpide du lac Bowman.
Billy et Bonny se tenaient côte à côte, comme un vieux couple unit par des années de complicité.
Des clapotis sous-marins se faisaient entendre.

Ils retenaient leurs souffles, pour ne pas perturber la faune omniprésente.

Ils admiraient le lever du soleil, le lac scintillait de mille feux désormais. C'était un fabuleux spectacle.

L'on entendait quelques craquements dans la forêt environnante. Peut-être un sanglier ou une biche qui déambulait dans les bois.

Billy savait que Clara n'était pas loin. Il attrapa son livre, et lu à voix haute un passage, comme le faisait autrefois sa mère.

– Une touche ! J'ai une touche ! cria Bonny allègre, comme si elle avait découvert un trésor fabuleux.

Billy la scrutait, joyeux et émerveillé, tout en finissant sa lecture. Il savait qu'il serait heureux désormais.

FIN.

Sous la Canopée

Une nouvelle évasion (parution dans le Nous Deux du 25/05/2021)

Elonade Ozbrach

Résumé : Pour faire le point sur sa vie, Richard s'offre un séjour en Guadeloupe. Il rencontre alors Élodie. Ensemble, ils découvrent l'île et peut-être aussi… l'amour.

**ichard promenait son regard sur toute la canopée. Il pensait être chanceux de voir le spectacle aux mille couleurs qui s'offrait à lui.** La forêt luxuriante exhalait des odeurs de terre. Le vert des feuilles s'incrustant parfaitement dans le ciel azuréen, sans nuages à l'horizon. Richard paraissait hâve face à l'éclat de toutes ces nuances colorées environnantes.

Soudain, un lièvre bondissant de son terrier, extirpa Richard de sa torpeur. Il aurait voulu maîtriser le temps, le figer. Mais il était bien conscient que cela n'était qu'utopie.

Néanmoins, l'espace d'un court instant il aura échappé à sa vie triste, terne, sans reliefs, à l'opposé de cette nature vallonnée et généreuse. Il repartirait, l'esprit rasséréné, recouvrant enfin, une harmonie intérieure entre son corps et son esprit. Richard aura eu l'occasion d'analyser tous les freins et obstacles, qui jonchaient son esprit. Il a remis les choses en place, tel un puzzle, afin que sa vie reprenne un sens, une logique. Désormais, il pourrait surmonter toutes ses angoisses, dompter ses problèmes, s'affirmer avec confiance. Il saurait se contenter de l'essentiel, de l'essence même de la vie. Ainsi, il récupérera son âme, son identité, ses valeurs.

Du moins, c'est ce qu'il croyait en ce moment même. Son esprit rêvassait et passait en revue, sa courte existence.

En effet, Richard n'avait que 33 ans mais il était déjà empreint de sagesse et de lucidité sur sa vie.
Il habitait à Saint-Dizier dans la Haute-Marne et il était un cadre respecté dans l'entreprise de high-tech qui l'employait. Il faisait preuve d'un grand humanisme et il a vu, depuis 8 ans qu'il a été embauché, des collègues se faire licencier. Avec certains il a gardé des contacts, des contacts privilégiés et il leur a apporté son aide et son soutien afin qu'ils retrouvent, rapidement, un autre emploi.

Richard était rapidement devenu l'ami de Marc et de Lucie, à l'époque où ils étaient tous trois collègues de travail. Après le licenciement de Lucie – et de Marc, à peu près à la même période – Richard s'est rapproché d'elle plus intimement.
Ainsi, ils se sont fréquentés. Ils ont appris à se connaître davantage. Puis, Lucie a retrouvé un emploi de secrétaire, dans un laboratoire d'analyses médicales. Elle s'épanouissait complètement dans ce nouvel environnement de travail. Au fur et à mesure qu'elle s'intégrait Lucie s'éloignait, peu à peu de Richard. Leur courte relation amoureuse se transformant, une nouvelle fois, en amitié. Ils s'aimaient davantage « affectueusement » que de sentiments amoureux et passionnés.
– Monsieur ?? Vous désirez un café ou un thé pour votre petit-déjeuner ? Ou une autre boisson ?
Richard sortit de sa torpeur et vit apparaître devant lui un joli minois.
– Euh… Oui, je vais prendre un café sans sucre. Merci. Votre île est magnifique !

– Merci. Oui, La Guadeloupe recèle bien des trésors. Avez-vous vu les chutes du Carbet ?
– Non, pas encore, je suis arrivé depuis deux jours et j'avoue que j'ai dormi et je me suis reposé jusque-là, j'en avais grand besoin !
– Ah, je vois ! Le mieux à faire, pour visiter l'île est de louer une voiture et d'en faire le tour. Les chutes du Carbet valent le détour ! C'est ce qu'a vu Christophe Colomb, au loin, depuis ses caravelles, avant d'accoster sur l'île.

Richard avait décidé de partir sur un coup de tête, en Guadeloupe, en posant trois semaines de congé. Il ressentait la nécessité de faire le point sur sa carrière et sur sa vie, d'une manière générale. Lucie l'avait quitté deux mois auparavant et Richard n'avait plus aucunes certitudes, même vis-à-vis de son emploi. Il avait l'impression d'effectuer des choses inutiles et dénuées de sens.
Tout lui paraissait morne et lisse. Il effectuait les choses de façon machinale. Sans y trouver un sens et une signification réelle et fondée.
Il était troublé par le charme de la serveuse de l'hôtel dans lequel il avait réservé, au Gosier. Se sentant, tout à coup, courageux et téméraire, il lança :
– Et si vous m'accompagniez pour visiter tous ces trésors ?
La jeune femme sourit, émue :
– Oh oui, j'accepte ! Demain c'est mon jour de repos, nous pourrions aller voir les chutes du Carbet, la Soufrière et la réserve du Commandant Cousteau. Avec plaisir, si vous le voulez. Je m'appelle Élodie et vous ?

Richard appréciait sa spontanéité, sa fraîcheur.
– Richard… Richard Tivert.
Élodie se mit à rire.
– Tivert ! Ici, c'est plutôt Ti punch !
Ils rirent tous deux.
– Je reviens avec le café. Vous pouvez vous servir au buffet, tout ce qu'il vous plaira de manger. Je dois servir les autres clients, à plus tard.
– Oui, merci. Je suis dans la chambre 27.
Richard observait discrètement le corps élancé d'Élodie évoluait autour des autres tables. Richard se demandait quel sens avait sa vie en métropole ? À ce moment précis, il n'avait nulle envie d'y retourner.
L'après-midi, il le passa sur la plage de l'hôtel.
Il lut un bon roman tout en observant Élodie vaquer à ses occupations. Elle vint le voir, sur la plage, avec son charmant sourire ensoleillé :
– Ah, vous profitez de la plage !
– En effet, je me suis dit que je préfère me reposer pour découvrir l'île, en votre compagnie, demain.
– Je viendrai à votre chambre, à neuf heures. Vous n'aurez qu'à emporter un panier-repas pour la journée. L'hôtel propose ce service.
– Je vous remercie, à demain donc.
Élodie était merveilleuse. Sa belle robe blanche en coton, l'une des spécialités de la Guadeloupe, faisait ressortir le noir de sa peau, la silhouette de la jeune femme était harmonieuse, elle avait relevé ses cheveux en un chignon tressé sur le haut de sa tête.

Richard était ébloui. Il se trouvait sur l'île papillon et là devant lui il en avait un spécimen délicieux, Élodie virevoltant devant lui.

Le lendemain, elle se présenta à sa porte.
– Bonjour Richard ! Êtes-vous prêt ? Je vous conseille de mettre des chaussures de marche !
Élodie avait opté pour des tennis dorés. Elle ressemblait à une aventurière coquette, en robe et non en pantalon.
Pour parcourir la mangrove et découvrir des lieux privilégiés, quoi de mieux que de louer un véhicule ? C'est donc à bord d'une Méhari, louée pour la journée chez un garage du Gosier, qu'ils prirent la route.
L'île possédait deux visages : en Grande Terre, il y a peu de végétations, avec une nature presque désertique et de superbes plages ! En Basse-Terre, par contre, la végétation est luxuriante ! On s'attend à y voir Tarzan dans les lianes !
Féerie pour les yeux avec les colibris, virevoltant autour des fleurs et de la végétation merveilleuses. L'anthurium fleur emblématique des Antilles vous enivre. Ainsi que l'hibiscus, le bougainvillier, l'allamanda et bien d'autres merveilles encore. Toute l'île est munificente !
Élodie était exaltée à la perspective de faire découvrir « son île » à Richard.
Ce dernier était totalement envoûté par l'enthousiasme de la pétillante jeune femme.
Richard manœuvrait aisément le véhicule à travers les bananeraies et la mangrove dense, en Basse-Terre.

Élodie voulait montrer à Richard la réserve Cousteau où l'on pouvait observer des animaux que l'on ne voit pas en métropole comme les tortues Luth.

Véritable sanctuaire du monde animal, niché au milieu d'une végétation remarquable, la réserve Cousteau est un enchantement total. Des couleurs chatoyantes, une joie de vivre et de sérénité, une convivialité exceptionnelle des habitants, sont les ingrédients de cette île majestueuse.

La Guadeloupe est emplie de trésors naturels à qui veut bien prendre le temps de les découvrir. Et savoir s'émerveiller aussi devant la beauté de la nature est un réel privilège en ces temps tourmentés, partout dans le monde.

Richard appréciait hautement cette parenthèse bienfaitrice.

Devant un immense aquarium, Richard prit de façon naturelle, la main d'Élodie. La jeune femme tourna son regard vers lui, un sourire aux lèvres. Elle serra la main de l'homme dans la sienne. Une complicité naissante se profilait, avec une sensation de bien-être.

Peut-être davantage ? Une attirance ou quelque chose encore non défini par ces jeunes gens.

Proche de la réserve Cousteau, Élodie proposa de déjeuner sur la plage de Malendure.

– Montre-moi ce que tu as dans ton panier-repas ! dit-elle.

Richard souriait. Il aimait la spontanéité d'Élodie. Elle était si rafraîchissante, vivifiante, comme l'air marin qui parvenait à ses narines.

Richard déposa la couverture sur le sable blond, chaud et les deux jeunes gens se retrouvèrent ainsi, dans un cocon, entouré de palmiers. La mer était turquoise et si calme.

Richard ouvrit le panier comme un enfant déballe un cadeau de Noël.

Ils sustentèrent leurs papilles avec les accras de morue (marinades de morue) et les tiriris (beignets de petits poissons), ainsi que le dombré (boulette de farine et d'eau avec quelques épices).

– Ce sont les spécialités des Antilles ! Quand tu viendras chez moi, je te ferai découvrir le gratin de christophine et le kalalou.

– Le kalalou c'est quoi au juste ? Demanda-t-il.

– C'est une soupe verte contenant des feuilles de calalou et des gombos.

– Ah ! Cela ne m'avance pas plus, admit-il. Mais je te fais confiance et j'y goûterai avec plaisir…

On aurait dit deux amis heureux de se retrouver. A la différence de Lucie, Richard commençait à ressentir un sentiment bien plus fort que l'amitié. Une vive attirance encore inexpliquée…

– Tu m'invites chez toi, demanda-t-il, amusé.

La proposition d'Élodie le touchait. Cette invitation n'était pas anodine. C'est donc qu'il ne lui était pas indifférent…

– Tu penses que je suis peut-être un peu trop intrusive ? Mais je t'invite de bon cœur. Je n'ai pas réfléchi… tu sais… enfin…

– Je suis réellement touché, ne t'excuse pas… dit-il en la regardant dans les yeux.

Élodie proposa d'aller visiter une bananeraie proche.

Richard se laissait faire docilement. Tout au long de la journée, il adhéra immédiatement à chaque proposition d'Élodie.

Ainsi, ils virent des hommes et des femmes coupant de la canne à sucre, avec des machettes, une plantation de coton et une bananeraie.

Ils passèrent saluer un ami d'Élodie à Deshaies où l'on est encore autorisé à pêcher des ouassous, cette petite crevette guadeloupéenne, dont le nom signifie « reine des sources ». Il leur en offrit. Puis, ils continuèrent leur périple à travers la canopée luxuriante.

Richard jouait l'Indiana Jones, le regard brillait devant toutes les beautés de la nature qui s'offraient, là. Il se sentait revivre, reprendre goût à la vie, tout simplement. Tout l'émerveillait, le fascinait. Mais ses yeux pétillaient également devant la chaleur et la beauté de sa guide du jour.
– Je n'ai plus envie de quitter cette île !, lança-t-il, enjoué.
– Et ton travail ? Et tes amis, ta famille, ta petite amie ? Tu tiens à y renoncer ? Vraiment ?, le taquina-t-elle.
– Euh… concernant mon travail, je désire en changer depuis longtemps. J'ai envie de donner un nouveau sens à ma vie. Pourquoi pas planter des bananes ou distiller du rhum ?
Élodie éclata de rire.
– Ah oui ? Pourquoi pas en effet ?
– Ou trouver un emploi dans ton hôtel…
Élodie lança un regard enamouré à Richard. Ainsi elle lui plaisait au point que Richard veuille changer de vie ? C'est donc qu'elle ne lui était pas indifférente…
– Quant à mes amis et ma famille, je n'en ai pas beaucoup. Tu sais, il existe les avions, ils pourront venir séjourner ici et découvrir toutes ces beautés. Et enfin, je n'ai aucune petite amie. Nous nous sommes quittés en amis, justement.

– Ah je vois. Tu regrettes ?
– Non ! Pas du tout. Nous travaillions dans la même boîte, puis elle a été licenciée.
Elle a vite retrouvé un emploi dans un laboratoire, mais elle a aussi rencontré un homme qui lui correspondait davantage que moi. Nous n'avons aucune animosité, ni aucun regret l'un envers l'autre. Et toi ?
– Moi, mes parents sont morts tous les deux, dans un accident de voiture, quand j'avais 15 ans. Ma tante m'a recueillie et élevée. J'ai commencé à travailler à l'hôtel à 18 ans. Côté sentimental, je n'ai jamais eu d'histoires sérieuses…
– Je suis désolé pour tes parents. Ils sont enterrés où ? On peut peut-être se rendre sur leurs tombes ?
– Tu serais d'accord ?
– Bien sûr ! Puisque je te le propose….
Ils prirent la route en direction de Sainte-Anne.
Les tombes des parents d'Élodie surplombaient une magnifique plage de sable fin. Avec, dans le fond, des voiliers et bateaux de plaisance qui voguaient allégrement sur une mer d'Iroise. L'on pouvait réellement dire qu'ils reposaient en paix.
Richard put lire les noms des parents de la jeune femme : Martin et Sarah Pierre.
Il ressentait un grand vent de liberté. Et d'espoir aussi. Tout semblait possible.
Il se tourna vers Élodie, prit délicatement, le visage de la jeune femme entre ses mains et l'embrassa. Devant les parents d'Élodie. Ce fut un baiser suave, doucereux.

Après cette douce parenthèse, ils se regardèrent longuement, intensément.

En même temps, ils murmurèrent :

– Je crois que…

Ils pouffèrent

– Vas-y ! Que voulais-tu dire ?

– Non, toi d'abord, ma douce Élodie.

– Je crois que tu me plais bien… et que d'ici très peu de temps je risque de tomber amoureuse.

– Risque ? Tu ne seras jamais en danger avec moi ! Moi aussi, tu me plais… et je n'ai aucune crainte à tomber amoureux de toi.

Ils s'embrassèrent. Puis Élodie s'enflamma :

– Viens ! Allons voir La Soufrière !

– Tu veux me voir souffrir ! répondit Richard en riant.

L'ascension en direction de La Soufrière, fut difficile. Richard n'était pas habitué à marcher dans ces conditions, l'oxygène se raréfiant de pas en pas. La vision de paysages féeriques avait disparu complètement. Un épais brouillard, l'atmosphère saturée de soufre donnaient une vision lunaire au paysage.

Richard et Élodie redescendirent rapidement.

Ils n'avaient pas la tenue vestimentaire adéquate pour rester très longtemps, auprès du volcan. L'air était vicié et très froid et humide.

– J'ai bien vu que tu n'étais pas à l'aise avec le volcan.

– Je te remercie de ta prévenance. Mais il fallait bien que je découvre cela. Tu es un guide formidable. Je ne pouvais rêver mieux.

– Rêver ? Je suis bien réelle, crois-moi !
Ils sourirent. Ils s'enlacèrent et s'embrassèrent plus longuement que la première fois.

Avant la tombée du jour, ils allèrent se baigner, dans une petite anse, isolée.
Dans l'eau, ils effleurèrent leurs corps, leurs sens exaltés. Sur le sable, Richard parcourait, avec son index droit, tout le corps frissonnant d'Élodie. Elle s'abandonnait complètement à la main douce de Richard.
Puis, l'heure de rendre le véhicule au loueur arriva. Il était temps de rentrer.
À l'hôtel, Élodie resta devant la porte de la chambre de Richard.
– Un dernier verre ensemble ? dit-il.
– Non, pas ici. Tu comprends… c'est mon lieu de travail et je ne…
– Oui, suis-je bête !
– Mais je t'avais dit que je t'inviterai chez moi. Demain soir, si tu es libre…
- Voyons… Demain ? Je me remémore mon agenda… dit-il avec un sourire taquin. Oui, avec plaisir, j'accepte ! Je n'ai rien de mieux à faire.
Ils se quittèrent sur un baiser furtif.
Tous deux rêvèrent l'un à l'autre cette nuit-là.

Le lendemain matin, un sourire lumineux était fixé aux lèvres des nouveaux tourtereaux.

Richard ne quitta pas l'hôtel de la journée, pour rester auprès de sa nouvelle bien-aimée. Toute la journée, des regards tendres, des gestes langoureux, des codes amoureux furent échangés.

Richard avait le cœur qui battait la chamade quand il se trouva à la porte de la maison d'Élodie.

La maison était à l'image de la jeune femme : simple. Richard était très attaché, depuis quelque temps, à cette simplicité.

Il avait l'impression d'avoir 18 ans, face à Élodie. Il était intimidé. Élodie l'accueillit avec une robe en madras. Elle avait confectionné un gratin de fruit à pain. Ils burent un vin fruité à l'image de la Guadeloupe. Puis Élodie fit découvrir à Richard le ti punch local, cette boisson exaltante qui se laissait boire comme du petit-lait. Mais qui est bien traîtresse…

Comme ils n'avaient pas l'alcool mauvais, ils ne cessaient de rire aux éclats.

Ils achevèrent la soirée dans la chambre d'Élodie. Ils s'endormirent dans les bras l'un de l'autre après avoir fait l'amour avec douceur. Comme deux adolescents partagent leur première expérience. Ils prirent le temps de se découvrir, d'apprivoiser leurs corps moites. Richard appréciait les lèvres sensuelles et sucrées d'Élodie.

Leurs âmes s'harmonisaient parfaitement. Tout ne fut que caresses voluptueuses, baisers doucereux et de découverte mutuelle. Leurs cœurs battant à l'unisson, leurs corps se mariant parfaitement.

– Il me reste encore huit jours à l'hôtel, dit Richard dans un murmure.
– Hum… Et ensuite ?
– Ensuite, cela dépend uniquement de toi.
– Comment cela ?
– Est ce que tu veux de moi dans ta vie ?
– Oh oui, bien sûr ! Quelle question !
Élodie n'eut aucune hésitation à répondre.
La spontanéité et l'enthousiasme qui la caractérisaient séduisaient, de plus en plus, le cœur de Richard.
– Alors, je vais rentrer en métropole afin de régler toutes mes affaires courantes et je reviens en Guadeloupe. Seulement, je ne pourrai plus aller à l'hôtel. Il faudra que j'économise avant de pouvoir rebondir ici.
– Ne t'en fais pas ! Tu viendras vivre ici, avec moi.
Élodie se colla contre le corps de Richard, en prononçant ces paroles.
Richard couvrit sa chevelure de mille petits baisers délicats. Ils refirent l'amour avec force et vigueur. Richard se sentait l'âme conquérante. Sa timidité avait fait place à l'audace.

Deux mois plus tard, comme il l'avait promis à Élodie, Richard revint en Guadeloupe. La distance avait changé les sentiments naissants en un amour solide. Dès son arrivée, Élodie emmena Richard aux chutes du Carbet. Ils n'avaient pas pu les voir quand Richard avait loué la voiture pour visiter l'île. Il y a tant de choses à voir, à découvrir, qu'il est impossible de tout voir en un seul jour !

Et, de toute façon, voir aujourd'hui les chutes du Carbet avait plus de sens. C'était une façon de sceller leur amour.

Ils admirèrent les chutes du Carbet, c'était magnifique.

Les yeux de Richard continuaient d'imprimer, dans sa tête, toute la magnificence de la végétation. Il était amoureux d'Élodie qu'il serrait fort contre son buste.

Élodie souriait à la vie, à l'amour, à la liberté.

Ce soupir salvateur serait à jamais gravé dans leurs mémoires.

Richard était, tout simplement, devenu un homme libre. Libre et amoureux.

FIN

Un nouveau voisin

Une nouvelle Romantique

Elonade Ozbrach

Résumé : Madame Meyer quitte sa maison, pour aller vivre dans un EHPAD, selon la volonté de ses deux enfants sournois et cupides d'argent. C'est un crève-cœur, pour sa voisine, Madeleine. D'autant que le nouveau voisin, propriétaire de la maison de Mathilde Meyer n'a pas l'air commode...

e départ de Mathilde Meyer était un véritable crève-cœur pour Madeleine.** Mais elle était âgée et Rémi et Marine, ses enfants, avaient décidé de la placer en EHPAD.
Mathilde n'avait pas eu voix au chapitre.
Elle devait se résigner à subir les volontés – ou plutôt les ordres – de ses enfants opiniâtres.
Madeleine ne parvenait pas à la quitter.
– Je viendrai vous voir chaque semaine, Mathilde, c'est promis.
Mathilde était très émue.
– Je vous remercie, Madeleine. Prenez soin de vous et de Chiquita.
La chienne, un bouvier-bernois, sautait autour des deux femmes.
– Ne vous inquiétez pas ! Vous allez lui manquer aussi. Je vous apporterai de la laine comme ça, vous pourrez continuer à me tricoter des pulls ou des robes ! dit Madeleine dans un sourire.
– J'aimerais pouvoir vous tricoter de la layette, répondit Mathilde d'un ton facétieux.
Madeleine soupira. Elle aimerait bien, elle aussi, avoir un bébé. Mais encore faudrait-il trouver l'homme pour partager cette envie ! Et pour commencer : un homme pour partager sa vie.
Mathilde sentit que la jeune femme était triste.
– Ne désespérez pas Madeleine, moi je me suis mariée sur le tard, à 32 ans.
– J'ai bon espoir alors ! Je viens de fêter mes 31 ans ! s'enthousiasma avec gentillesse Madeleine.

Les deux femmes s'étreignirent encore un instant.
Puis Rémi et Marine arrivèrent avec la valise :
– On y va ?
Il était temps pour eux de conduire Mathilde vers sa dernière résidence de vie.
Madeleine demeura dubitative et très triste, sur le trottoir. Elle avait les yeux embués de larmes. Dès que les Meyer furent partis, une voiture arriva, en trombe, dans le lotissement calme, habituellement et se gara devant la maison de Madame Meyer.
Une femme élégante sortit de la voiture, attrapa dans le coffre une immense pancarte qu'elle accrocha devant la porte de la maison de Mathilde.
Madeleine se pencha pour lire l'inscription. Son cœur se serra quand elle lut : « À vendre »
Elle lança un regard interrogateur vers l'agente immobilière :
– Bonjour ! Effectivement, c'est à vendre ! Les enfants de Madame Meyer m'ont mandaté pour vendre la maison.
– Eh bien ! Ils n'ont pas perdu de temps ! 60 ans de souvenirs balayés en quelques secondes !

Madeleine habitait à côté de Mathilde depuis cinq ans.
Elle s'était immédiatement liée d'amitié avec la vieille dame. Mathilde était comme une grand-mère de substitution pour Madeleine. Elle n'avait jamais aimé les enfants de Madame Meyer. Ils étaient si différents de leur mère ! Rémi, l'aîné, analyste financier dans une banque, aimait l'argent et spéculer. Les responsabilités lui avaient monté à la tête et tous les chiffres le grisaient d'excitation. Marine était comme lui : une femme rigoureuse, méthodique, calculatrice.

Elle était à la limite de la maniaquerie, ce qui faisait enrager sa propre mère. Chez elle, chaque objet était placé sur les meubles, au millimètre près. Et quiconque osait déplacer quoi que ce soit, de quelques millimètres, était considéré comme un individu malveillant.

Dans son travail également, il ne fallait pas la contrarier, sinon, sa vindicte foudroyait immanquablement quelqu'un ! Marine était contrôleuse fiscale.

Ils ne rendaient guère souvent visite à leur mère. Même depuis le décès de leur père, il y a quinze ans. Madeleine ne l'avait pas connu. Elle savait qu'il avait été foudroyé par une leucémie, à 83 ans.

Rémi et Marine venaient uniquement pour les grandes occasions : Noël, Pâques. Ils savaient aussi demander de l'argent à leur mère. Ils avaient toujours des bons placements à faire, il fallait toujours investir et Mathilde ne comprenait pas toujours les conseils de son fils.

Rémi et Marine devaient sans doute avoir un lingot d'or à la place du cœur. Chez eux, tout n'était que vénalité. Ils étaient cupides et intéressés.

Madeleine en était écœurée. Madame Meyer était une véritable grand-mère pour elle qui n'avait plus guère de famille proche encore en vie. Chiquita était son seul réconfort.

Elle tiendrait sa promesse. Elle irait voir Mathilde à la maison de retraite médicalisée. Elle savait bien que ses propres enfants ne viendraient pas la voir – sauf en cas d'investissement juteux !

Chiquita tournait autour de Madeleine, avec la queue frétillante.

– Oh oui, ma belle ! On va se promener, cela nous fera du bien. Elle va nous manquer Mathilde ! Tu n'auras plus de bonnes croquettes de sa part, soupira Madeleine, le cœur étreint par la peine.

Madeleine avait à cœur de maintenir le plus longtemps possible le lien qui l'unissait avec son ancienne voisine.
Comme promis, elle alla la voir régulièrement à l'EHPAD. Elle lui amenait tantôt, des mille-feuilles – pâtisserie préférée de Mathilde – tantôt de la laine – le tricot avait toujours été son occupation favorite. Cela l'aidait à ne pas sombrer dans la sénilité et à se sentir encore utile à quelque chose.
– Et vos amours Madeleine ? l'interrogea Mathilde lors de sa dernière visite.
– Oh, de ce côté-là, rien n'a changé depuis votre départ, je suis toujours seule avec Chiquita.
Les deux femmes sourirent et soupirèrent de concert.
– Ça viendra, ma petite fille !
– J'espère…
Madeleine avait toujours le cœur aussi gros.
Trois mois plus tard, un tintamarre assourdissant attira Madeleine en dehors de sa maison. Le bruit provenait de l'ancienne maison de Mathilde. Un camion de déménagement était sur le trottoir. Madeleine remarqua que le panneau « à vendre » avait disparu. Un soupir lui échappa.
De l'intérieur de la maison, portes et fenêtres grandes ouvertes, on entendait des bruits de marteau, de perceuse.

Soudain une voix d'homme hurla :

– Non ! Pas ici, le canapé, là-bas ! Et faites attention, voyons, avec le vaisselier ! Quelle bande d'incapables vous êtes !

Cet homme n'avait pas l'air commode !

Au ton de sa voix, il sembla à Madeleine que le nouveau propriétaire était un jeune homme. Pas vraiment le genre sympathique à sa façon de vociférer sur les déménageurs.

Soudain, il apparut sur le perron. Son regard croisa les yeux de Madeleine et il éructa :

– Vous n'avez rien d'autre à faire, que m'espionner, vous ?

Madeleine était effarée.

Elle regrettait sérieusement Madame Meyer. Elle ne se démonta pas et dit :

– Oui, bonjour à vous aussi. Bienvenue…

L'homme haussa les épaules et retourna à l'intérieur de la maison, comme si de rien n'était.

– Quel mufle ! Un véritable goujat ! dit Madeleine.

Son sang bouillonnait de colère. Pour se calmer, elle fit une longue promenade avec Chiquita. Ses pas la menèrent jusqu'à l'EHPAD. Elle exprima toute son amertume à Mathilde.

– Il ne faut peut-être pas le juger trop rapidement, conseilla Mathilde qui se voulait réconfortante. Laissez-le s'installer et ensuite, vous pourrez peut-être faire connaissance.

Madeleine rentra chez elle, quelque peu rassérénée.

Madame Meyer était empreinte de sagesse et ses conseils étaient comme toujours judicieux.

Effectivement, le lendemain, tout fut calme.

L'air était chaud, en ce début juin. Madeleine prit son petit-déjeuner, sur la terrasse du jardin à l'arrière de la maison.

Chiquita la scrutait, couchée sur l'herbe encore légèrement moite de la rosée du matin.
Le nouveau voisin était dehors également.
Madeleine entendait la conversation téléphonique, tant il criait fort dans le portable.
– Écoutez, ma douleur est atroce ! Je dois impérativement venir aujourd'hui ! C'est urgent !
Quand il raccrocha, Madeleine s'approcha de la haie :
– Bonjour ! Tout va bien ?
– Évidemment que non ! Mes épaules sont douloureuses. C'est à cause de ce foutu emménagement ! Hier, j'ai trop forcé ! Je voulais installer le maximum de choses…
– Ah je vois ! Votre médecin ne peut pas vous prendre ?
– Je dois voir le docteur Like, il me suit pour un traitement en mésothérapie.
– Vous pouvez aller chez mon médecin, il est excellent. Lui, il soigne la cause de nos maux et non les conséquences. Il ne donne pas d'antidouleur, mais il recherche toujours qu'elle est l'origine de notre mal ?
– Merci mais ça ira.
– On ne sait jamais, c'est le docteur Jezbac. Si vous voulez le noter.
– Bon d'accord, merci. Je vais chercher…
Il lui adressa un sourire.
Madeleine l'observa. Il avait de beaux yeux bleus, il était de grande taille, avec un petit ventre bedonnant et une fine moustache – de la même couleur que ses cheveux épais : brune.

Madeleine était également de corpulence rondelette, avec une coupe courte, blonde et des yeux couleur noisette. Leurs deux corps s'harmonisaient parfaitement.
– Je suis donc votre nouveau voisin, comme vous pouvez le constater. Je m'appelle Armand Broger.
– Enchantée ! Moi, c'est Madeleine… J'habite ici depuis cinq ans. J'ai bien connu l'ancienne propriétaire, vous savez.
Armand était dans l'expectative. Madeleine poursuivit :
– C'était une femme très bienveillante.
– Je ne l'ai pas connue. J'ai rencontré ses enfants.
– Évidemment, dit Madeleine qui commençait à trouver son nouveau voisin bien agréable.
Mais Armand regarda son téléphone :
– Ah ! Excusez-moi, Madeleine, je viens d'avoir un SMS du secrétariat du Docteur Like. Il peut me prendre pour une séance… Je dois y aller.
– Je comprends, Armand. Foncez ! Nous aurons peut-être l'occasion de nous parler plus tard.
Armand détala sans même répondre à Madeleine.

Quelques jours plus tard, Madeleine allait rendre visite à Madame Meyer.
– Comment allez-vous aujourd'hui ? demanda doucereusement Madeleine.
– Je vais bien, je suis toujours ravie de vous voir, chère Madeleine.
– Vos enfants sont-ils venus vous voir ?

Madeleine posait cette question par pure politesse, tout en sachant pertinemment qu'il y avait peu de chances que ses enfants soient venus rendre visite à leur mère.
– Hélas ! Non, aucun de mes enfants n'est encore venu me voir. Ils m'appellent… Je crois que pour eux, il n'y a plus rien à extirper, ni à profiter… dit-elle, lucide.
– C'est triste Mathilde !
La vieille dame soupira, comme si elle acceptait son sort.
Heureusement, Madeleine venait régulièrement la voir. Mathilde tricotait des pulls ou des écharpes.
Madeleine était persuadée que cette activité l'empêchait de sombrer dans la dépression. Soudain, elle eut une idée :
– J'aurai un service à vous demander, Mathilde.
– Dites-moi, si je peux faire quelque chose pour vous, vous savez bien que je le ferai.
Mathilde était installée dans le gros fauteuil en face du lit. Madeleine avait pris place sur une chaise, guère confortable. Elle ne savait pas si elle oserait faire sa demande. Mathilde ne la brusqua pas. Elle regarda par la fenêtre.
– Allons-nous promener, à l'extérieur, dans le jardin, il y fait si beau !
– Entendu, dit Madeleine. Et je vous dis tout !
Madeleine prit le bras de Mathilde et la guida vers la sortie de l'établissement.
Dans le jardin, elles s'arrêtèrent devant un rosier pourpre pour en humer les fragrances délicates qui s'exhalaient.
– Alors, que voulez-vous me demander, interrogea Mathilde, soudain curieuse.

– Voilà, je me demandais si vous pourriez tricoter quelque chose pour Armand…
– Armand ?
– Oui, vous savez, mon nouveau voisin.
Mathilde eut un petit rictus facétieux :
– Ah d'accord ! C'est Armand maintenant !
Les deux femmes échangèrent un sourire.
– Euh… oui. Armand, c'est un jeune séduisant vous savez.
– Le méchant Armand ! la taquina Mathilde.
– Il est étrange, disons plutôt que son comportement est étrange. Mais il y a quelques jours, nous avons discuté posément… c'était agréable.
– Et ?
– Et rien ! Il a dû partir chez son médecin, dit Madeleine.
– Vous ne lui avez pas demandé la raison de son irritation perpétuelle ?
– Je n'en ai guère eu le temps.
– Il faut se méfier des hommes impulsifs, jeune fille, s'amusa Mathilde.
– Oui, admit Madeleine. Mais j'ai eu une idée pour tenter de l'amadouer. C'est pour ça que j'aimerais bien que vous me tricotiez une écharpe pour lui…
Mathilde plongea son regard d'un bleu profond dans les yeux noisette de Madeleine :
– Et pourquoi vous ne la tricoteriez pas vous-même ? Ce sera un cadeau vraiment personnel.
– Vous savez bien que je ne sais pas tricoter !
– Et alors ? Je peux vous apprendre ! D'ici l'hiver prochain vous aurez le temps !

– Vraiment ?
Soudain le visage de Madeleine s'illumina, ciselé d'une joie intense.
– Absolument.
– J'accepte !
Madeleine était excitée par ce projet. Mathilde aussi :
– Cela va me ragaillardir !
Puis elle demanda des nouvelles de Chiquita.
– Elle va bien, merci.
– Tenez, je vous donne le steak haché que j'ai mis de côté ce midi pour elle.
– Oh, merci, mais il ne fallait pas ! Vous devez manger Mathilde, Chiquita ne manque de rien, vous savez ?
– Je sais, mais elle me manque aussi, je dois bien l'avouer. Même si ici je ne suis pas malheureuse, ce n'est tout de même pas la même chose que lorsque j'étais dans ma maison.
– Je comprends, dit Madeleine avant de raccompagner son amie dans sa chambre.

Depuis sa visite chez le docteur Like, Armand semblait apaisé.
Madeleine en profita pour faire plus amples connaissances. Ainsi, elle apprit qu'il venait du département voisin, qu'il avait travaillé dans une fonderie, qu'il avait eu un terrible accident et qu'il avait dû déménager. Elle n'osa pas lui demander tout de suite quel genre de « terrible accident » il avait eu, mais quelques jours plus tard, il lui confia qu'il avait eu les épaules et les avant-bras très gravement brûlés. Depuis ses membres le faisaient souffrir atrocement. Seul le docteur Like, après le soin de ses brûlures, le soulageait avec son traitement en mésothérapie.

Armand ne pourrait jamais plus exercer un métier manuel ou porter de lourdes charges. Les mouvements répétitifs et cadencés sur une chaîne de production étaient pour lui totalement proscrits. L'usine, c'était terminé. Aujourd'hui, Armand bricolait chez les particuliers, souvent des personnes âgées, mais uniquement de petits travaux, ne nécessitant pas l'usage intempestif de ses bras et du haut de son dos.
Madeleine se voulait compréhensive :
– Je comprends mieux maintenant, pourquoi vous avez cet air d'ours grincheux !
– Un ours ? Je ne connais pas d'ours – ni aucun animal d'ailleurs – qui ronchonne… dit-il contrarié.
– C'est une expression, s'amusa Madeleine qui ne voulait pas le blesser.
– Je sais ! admit-il. Mais déjà à l'école, on se moquait de mon poids. On me traitait d'ours, non pas grincheux à l'époque. J'étais plutôt guilleret avec une intense joie de vivre. Mais à cause de mon ventre rond et de ma carrure…
– Moi aussi, j'ai subi des quolibets du collège jusqu'à la terminale. « Madeleine, tu as mangé 150 madeleines ou quoi ? », « Tes parents auraient dû t'appeler Bouboule… » et j'en passe ! Ce n'était pas facile…
Le regard d'Armand devint doux ainsi que ses paroles :
– Moi, je vous trouve très belle, Madeleine. Belle à croquer…
Madeleine, intimidée, rougit.
Elle considéra ce grand gaillard. Il avait beau fond, comme elle le supposait depuis quelques semaines.
– Merci. Désirez-vous m'accompagner ? Je vais faire une balade avec Chiquita ?

– Avec plaisir, chère voisine !

La chienne aboya et remua dans tous les sens, excitée par la promenade et quelque peu surprise de voir sa maîtresse accompagnée.

Un peu plus haut, dans le lotissement, deux enfants se dirigèrent vers Chiquita pour la caresser. Les deux voisins étaient soudain attendris devant la scène. Puis ils se quittèrent sur la promesse de se revoir très prochainement.

Mais l'accalmie de son caractère tempétueux fut de courte durée. Sa mauvaise humeur réapparut, à peine trois jours après sa séance de mésothérapie chez le docteur Like. Ses épaules étaient douloureuses. Armand fulminait à nouveau.

De chez elle, Madeleine l'entendait invectiver des gens et des choses imaginaires.

Il devait tellement souffrir.

Madeleine alla le voir et insista pour qu'il consulte son généraliste, le docteur Jezbac.

– Après tout, cela n'engage à rien, dit-elle.

– Tu as raison, Madeleine. Il faut tenter.

Rendez-vous fut pris pour l'après-midi même.

Après la consultation, Armand semblait déjà plus détendu. Le médecin lui prescrivit des antalgiques, et l'orienta vers un confrère, pour des tests et examens approfondis de ses brûlures.

À l'issue de diverses consultations et auscultations, Armand commença de séances chez un kinésithérapeute. Il eut aussi une opération chirurgicale pour ses omoplates. Après l'opération, Armand ne ressentait plus ces douleurs lancinantes qu'il avait jusque-là. Son état de santé s'améliorait.

Il savait ce qu'il devait à sa charmante voisine.

En quelques mois, l'homme bougon avait été littéralement transformé. Il avait retrouvé sa bonhomie et l'envie d'être agréable avec les autres. C'était un homme jovial et serviable. Dans le lotissement, on l'appréciait chaque jour davantage et on lui confia de plus en plus de petits travaux de bricolage. Sa voisine aussi l'admirait beaucoup. Et c'était réciproque.

Quand il rentrait le soir, il rejoignait Madeleine pour dîner. Parfois il se retrouvait chez lui, d'autres fois chez elle.

Armand se délectait des madeleines de sa belle, confectionnées avec amour pour lui.

Dans l'intervalle, Madeleine continuait d'aller plusieurs fois par semaine voir Mathilde. Un soir, elle revint avec un paquet qu'elle tendit à Armand.

– Ce n'est pas grand-chose, mais ça vient du cœur, dit-elle.

– Tout ce qui vient de toi, m'est précieux, Madeleine. Tu m'es précieuse…, dit Armand intrigué.

Madeleine rougit au compliment. Armand ouvrit le paquet : une jolie écharpe de couleur verte, avec sur le bas une madeleine toute mignonne tricotée.

– Quelle gentille attention. Est-ce toi qui as tricoté cette écharpe ? C'est un travail si délicat que voilà.

– Absolument ! Mathilde m'a appris !

– Alors, nous la remercierons tous les deux ! Demain, je t'accompagne !

Quand Madeleine s'approcha d'Armand, pour ajuster l'écharpe, ils s'étreignirent et s'embrassèrent longuement. Armand étant devenu le voisin charmant...

FIN

Une fourmi de dix-huit mètres

Avec un chapeau sur la tête
Ça n'existe pas, ça n'existe pas

Une fourmi traînant un char
Plein de pingouins et de canards
Ça n'existe pas, ça n'existe pas

Une fourmi parlant français
Parlant latin et javanais
Ça n'existe pas, ça n'existe pas
Et ... pourquoi pas

Robert Desnos

✔ Quelques chiffres :
- 18/20 à l'écrit au bac de français.
- 20/20 à tous les tests professionnels par la suite. (Avoir un père prof de français ça aide beaucoup, si, si, croyez-moi et non crôa moi, je ne suis pas un corbeau ; je n'écris pas de lettres anonymes).
- 2013 : secrétaire indépendante. Mais 25 ans d'expérience en secrétariat (secrétaire de Mairie, secrétaire à l'IEN, secrétaire de Direction, secrétaire chronotachygraphe).
- 2016 : ouverture de mon magasin de bonbons (miam), c'est bon bon tout ça.
- 1988 : rencontre avec James Brown, à Phoenix, en Arizona. (ça n'a rien à voir avec Secretariat-france mais bon ça, c'est juste pour le fun).

✔ Quelques lettres :
- Publications de romans et de nouvelles dans des magazines au tirage National. (Nous Deux). Nous Deux = parution de 200 000 exemplaires chaque semaine. Et plus d'un million de lecteurs.
- Rédaction d'un CV pour la gouvernante du couturier Yves-Saint-Laurent.
- Rédaction d'une lettre de motivation pour une employée de maison chez Nagui (présentateur TV).
- CV en français et en anglais, pour un directeur d'hôtel de luxe, réputé dans le monde entier.
- Rédaction d'articles sur divers sujets (transport, culture, gastronomie, voyage, droit, animaux, tourisme etc...). Rédaction de lettres d'amour ou des poèmes.
- Correction et amélioration stylistique (souvenez-vous : je vise l'excellence grâce à mon papa).

✔ Résultat :
Dernier avis posté sur un site de rédaction : 5 étoiles (merci) « Parfait ! Merci ! » ainsi que des compliments sur mon prénom (cela me touche) : « J'ai aimé votre prénom si rare, et je me suis permise de fouiner sur Internet. Il correspond bien à votre style d'écriture. "Solide comme un chêne et rayonnante comme le soleil". Félicitations aux parents pour vous avoir offert ce joli prénom. ».
On peut donc dire que le compte est bon !
Elonade

L'univers d'Elonade Ozbrach

Bonjour,

Je suis originaire de Lorraine (née un 23 février à Boulay en Moselle), mais de 2008 à 2014, j'ai vécu à Gap, dans les Hautes-Alpes. Pour moi, cette ville est comme la Terre Promise de Moïse, même si je suis revenue vivre en Moselle, j'ai toujours un lien et des racines très fortes avec Gap.

Alfred Hitchcock, le maître du suspense en son temps, effectuait toujours une apparition, même furtive, dans chacun de ses films. Et moi, j'insère dans chacune de mes nouvelles, une allusion ou une référence à ma région Lorraine. Car je suis une Ambassadrice de la Moselle.

Pour le magazine Nous Deux, j'ai écrit une nouvelle dans la catégorie « évasion » : Pêche miraculeuse dans le Montana. Avec Brigitte Bardot en couverture ! C'est un immense honneur pour moi. Tout comme d'être publiée dans le magazine Nous Deux avec Françoise Hardy à la une.

J'aime les animaux, les marmottes (pas seulement de Gap) et je soutiens la SPA, 30 Millions d'amis et surtout Pattes sans attache, association qui s'occupe des chats plus particulièrement.

Par le biais de cette association, j'ai adopté un pauvre chat maltraité, car il est noir. Je l'ai appelé Réglisse en souvenir du magasin de bonbons que j'avais ouvert en 2016. C'est un amour de chat ! Par la suite, est arrivée Félindra (chatte noire).

Je propose à la vente, des objets et divers écrits (nouvelles), au format numérique. Les nouvelles qui mettent en scène les animaux (Réglisse le chat, Benjy le westie, Mimisse, Diabolo le lapin, Félix, Félindra, Pacha, Goliath le labrador…) verront également des gains reversés aux associations animalières.

Les images dans Nous Deux, qui illustrent mes nouvelles, sont créées par Nous Deux. Par contre, sur mon site internet : https/secretariat-france, c'est mon papa qui réalise de belles créations, sublimant ainsi mes écrits. Son nom d'artiste est Mykolian.

Site internet : secretariat-france.fr

E-mail : elonadeozbrach@yahoo.fr

© Elonade OZBRACH, 2024

Édition : BoD • Books on Demand GmbH, In de Tarpen 42, 22848 Norderstedt (Allemagne)

Impression : Libri Plureos GmbH, Friedensallee 273, 22763 Hamburg (Allemagne)

ISBN : 978-2-3224-7753-1

Dépôt légal : Octobre 2024

Milton Keynes UK
Ingram Content Group UK Ltd.
UKHW032041191024
449815UK00008B/55